U0743696

本书属于"十四五"国家出版规划项目
——"丝绸之路古典文学译丛"

本书属于国家社科基金重大项目
——"梵文研究及人才队伍建设"

梵语文学译丛

妙语游戏
भामिनीविलास
[印度] 世主 著

风使
पवनदूत
[印度] 陀依 著

天鹅使
हंसदूत
[印度] 高斯瓦明 著

黄宝生 译

中西书局

"梵语文学译丛"总序

在古代文明世界中,印度和中国一样,是当之无愧的文学大国。它产生了印欧语系最古老的诗歌总集,宏伟的两大史诗,丰富的神话传说和寓言故事,精美的抒情诗、叙事诗、戏剧和小说,以及独树一帜的文学理论体系。而且,印度古代文学产生过世界性影响,此影响依托的重要媒介是宗教。对中国和东北亚各国的影响媒介主要是佛教,对南亚和东南亚各国的影响媒介是佛教和婆罗门教兼而有之。而印度古代文学中的寓言故事以及古典梵语文学,对古代和近代世界的影响尤为普遍,范围远远超出亚洲。因此,在世界文学发展史上,印度古代文学无疑占有重要的一席。

印度古代文学可分为五个时期:吠陀文学时期、史诗时期、古典梵语文学时期、各种地方语言文学兴起时期和虔诚文学时期,时间跨度为公元前 15 世纪至公元 19 世纪。梵语是印欧语系中古老的一支,也是古代印度 12 世纪以前的主流语言。从广义上说,梵语包括吠陀梵语、史诗梵语和古典梵语。我们通常所说的梵语主要是指史诗梵语和古典梵语。吠陀梵语可称为古梵语,或径称为吠陀语。史诗梵语相对于古典梵语而言,是通俗梵语。与梵语和梵语文学同时存在的还有印度各地的方言俗语及其文学。梵语和梵语文学自 12 世纪开始消亡,由印度各种地方语言及其文学取而代之。

印度古代宗教发达,主要有婆罗门教、佛教和耆那教三大宗教。婆罗门教始终在印度古代文化中占据主流地位。同样,在 12 世纪之前的印度古代文学中,婆罗门教文化系统的梵语文学也占据主流地位。佛教和耆那教早期使用方言俗语,后期也使用梵语,故而,梵语文学也包括佛教和耆那教的梵语文学。

中国和印度有两千多年的文化交流史。佛教自西汉末年传入中国,东汉开始大量佛经得到翻译,历久不衰,至唐代达到鼎盛。佛经的输入,在语言、音韵、文体、题材、艺术表现手法等诸方面对中国古代文学的发展产生过深远影响。然而,佛教文化只是印度古代文化的一个组成部分。同样,佛教文学也只是印度古代文学的一个组成部分。而我国古代高僧只注意翻译佛教经籍和文学,所以从汉语《大藏经》中无法了解印度古代文学全貌。

20 世纪上半叶,以获得诺贝尔文学奖的印度诗人泰戈尔访华为机缘,中印文化交流出现新的高潮。中国文学界在翻译介绍以泰戈尔为代表的印度现代文学的同时,也注意到印度古代文学,尤其是迦梨陀娑的作品,出现多种从英语或法语转译的《沙恭达罗》汉译本。此外,商务印书馆曾出版许地山的《印度文学》("百科小丛书"之一,1931),中华书局曾出版英国麦克唐纳的《印度文化史》(龙章译,1948)。这两本书都有利于国内读者了解印度古代文学的概貌。

20 世纪下半叶,我国对印度梵语文学的翻译介绍取得了长足进步。1956 年,迦梨陀娑被世界和平理事会列为该年纪念的世界文化名人之一。同年,我国首次出版了从梵语原著翻译的迦梨陀娑的戏剧《沙恭达罗》(季羡林译)和抒情长诗《云使》(金克木译)。此后,直接从原文翻译的梵语文学作品在国内陆续问世,如戒日王的戏剧《龙喜记》(吴晓铃译,1956)、首陀罗迦的戏剧《小泥车》(吴晓铃译,1957)、寓言故事集《五卷书》(季羡林译,1959)、迦梨陀娑的戏剧《优哩婆湿》(季羡林译,1962)、抒情诗集《伐致呵利三百咏》(金克木译,1982)和

《印度古诗选》(金克木译,1984)。1964 年,金克木撰写的《梵语文学史》出版,对印度古代梵语文学做了比较全面的介绍和论述。此外,1960 年,季羡林和金克木两位先生在北京大学东方语言文学系开设了现代中国的第一届梵文巴利文班,培养了国内第一批梵文和巴利文人才。

1985 年,季羡林翻译的史诗《罗摩衍那》汉语全译本出版,2005 年,我主持集体翻译的史诗《摩诃婆罗多》汉语全译本出版。这样,印度两大史诗的翻译在我们师生两代手中得以完成。然而,印度古典梵语文学宝库中的许多文学珍品还有待我们翻译介绍。鉴于这种考虑,我们决定与上海中西书局合作,编辑出版"梵语文学译丛",希望在中国文学翻译界营造的世界文学大花园中增加一座梵语文学园。

我们的目标是用十年时间,将印度文学史上具有重要地位的梵语文学名著尽可能多地翻译出来,以满足国内读者阅读和研究梵语文学的需要。尽管至今国内从事梵语文学翻译和研究的学者依然为数有限,但我们愿意尽绵薄之力,努力争取达到这个目标。

黄宝生

CONTENTS | **目录**

前　言

　　在 12 世纪以前的印度古代文学中,梵语文学占据主流地位。而从 12 世纪开始,随着各地方言文学的兴起,梵语文学逐渐失去主流地位。但是,梵语文学的创作生命力并没有从此丧失,而是仍然作为印度多语种文学中的一种继续存在。本书向读者介绍的一部抒情诗集《妙语游戏》以及两部抒情长诗《风使》和《天鹅使》便是属于后期古典梵语文学作品。

　　《妙语游戏》(*Bhāminīvilāsa*)的作者是世主(Jagannātha,17 世纪)。他出生于南印度的一个婆罗门家庭。他的父亲是一位学者,学识渊博。世主本人也受到德里国王的恩宠,获得“智王”(Paṇḍitarāja)的称号。在梵语文学史上,世主尤以梵语诗学著作《味海》(*Rasagaṅgādhara*)享有崇高声誉。这部诗学著作被现代印度学者公认是

1

梵语诗学史上最后一部力作,在一定意义上标志着梵语
诗学的终结。而且,世主既有理论思辨能力,也有诗歌
创作才能。在他所著的梵语诗学著作《味海》中使用的
例举都是他自己创作的。他在序诗中说道:

> 我亲自创作合适的例举,
> 不采用别人现成的诗句,
> 麝香鹿自己能产生麝香,
> 怎会考虑借用花的芳香?

除了梵语诗学著作《味海》外,世主创作的抒情诗集
现存有多种,如《恒河波浪》(*Pīyūṣalaharī*)、《甘露波浪》
(*Amṛtalaharī*)、《悲悯波浪》(*Karuṇālaharī*)和《吉祥女
神波浪》(*Lakṣmīlaharī*)等。《妙语游戏》也是他的一部
重要作品。印度学者阿伯代(V. S. Apte)主编的《实用梵
英词典》和英国学者莫涅-威廉斯(M. Monier-Williams)
主编的《梵英词典》都将这部诗集列入词汇征引书目。
《妙语游戏》的内容分为四个部分,子题目分别为
《杂咏游戏》《艳情游戏》《悲悯游戏》和《平静游戏》。
而我手头的这部诗集原文是达达贝(E. V. Dadabe)和
阿伯代(D. G. Apte)的编订本(*Bhāminīvilāsa*,Motilal

Banarsidass，1994），只收录其中的《杂咏游戏》和《平静游戏》。因此，我这次译出的也是这两部分。

这里，首先说明一下《妙语游戏》这个书名。它的原文是 Bhāminīvilāsa，其中，Bhāminī 的词义为美女，vilāsa 的词义为游戏、调情、优美、魅力和光辉等。若将书名译为《美女游戏》，读者会觉得文不对题。同时，Bhāminī 也是诗人世主的妻子的名字，若是将这个名字音译为跋蜜尼，而书名译为《跋蜜尼游戏》，同样不合适。因此，我采取变通的译法，将这个书名译为《妙语游戏》，也就是将"美女"视作比喻美妙的语言，译为"妙语"。"妙语"（subhāṣita）一词也是梵语文学中对美妙的短诗（或称单节诗）的称谓，例如众多以"妙语"命名的诗集。实际上，世主的这部抒情诗集也类似一部妙语诗集。

其中的《杂咏游戏》（以下简称《杂咏》）是诗人由各种自然和社会现象引发的一些联想，以间接或直接的表达方式抒发自己的感触，体现善恶是非的伦理评价，蕴含诗人的人生体验。诗人对有些自然现象也会从不同的视角观察，而产生不同的联想。例如，第 35、36、37 和 96 首诗对乌云的描写，其中有对乌云的赞扬：

旅人啊，你听到前面乌云发出

震耳欲聋的轰鸣声,不必慌乱!

朋友啊,难道你不知正是这些

乌云以生命之水解除世上干旱?(37)

也有对乌云的责备:

乌云啊,我知道你自高自大,

而缺乏分辨力,对群山展现

自己极度慷慨,而无视这里

穷人们的这些谷物已经干枯。(96)

　　《平静游戏》(以下简称《平静》)的主旨则是表现众生在生死轮回中充满痛苦和烦恼,而虔诚崇拜大神毗湿奴才是获得解脱或平静的唯一途径。诗人在对毗湿奴的化身黑天的赞颂中,常用乌云、多摩罗树和甘露比喻黑天。例如:

但愿苾湿尼族俊杰像雨季的乌云

那样,迅速为我驱除灼热的痛苦,

我的身体在生死轮回中受尽折磨,

犹如受到夏季骄阳炽烈火焰烧灼。(6)

在有些诗中,诗人也将黑天等同于梵,带有吠檀多哲学色彩。例如:

> 世界上有许多美丽的鸟,而我最喜爱
>
> 其中的饮雨鸟,因为我每次看到它们,
>
> 会想起它们的朋友乌云,名为黑天的
>
> 不可言状的梵也就会出现在我的心中。(17)

诗集的最后几首诗是世主称颂自己的诗歌艺术成就,表明他对自己的诗歌创作才能充满自信。

《风使》和《天鹅使》是两部仿效迦梨陀娑(Kālidāsa,4—5 世纪)所著《云使》(*Meghadūta*)的抒情长诗。迦梨陀娑的《云使》是印度文学史上第一部梵语抒情长诗。诗的内容是讲述有个药叉(即财神俱比罗的侍从)玩忽职守,受到俱比罗诅咒,被贬谪一年。他谪居在南方罗摩山苦行林中,忍受与爱妻分离的痛苦,已有八个月。现在,正是雨季来临的六月,他看到一片由南往北的雨云飘上罗摩山顶,这激起了他对爱妻的无限眷恋。于是,他向雨云献礼致意,托它向爱妻传信。他向雨云指点到达他爱妻居住地阿罗迦城的路线,对一路上要经过的每个地方的秀丽景色和旖旎风光,都作了富于感情的生动描绘。然后,他向雨云描述阿罗迦城里药叉们的欢乐生活,指出他家在阿罗迦城里的方位、标志,他爱妻的容貌,并想象他爱妻满怀离愁的种种情状。他委托雨云向他的爱妻倾诉他的炽热相思,并安慰她说不久便可团圆。最后,他向雨云致谢,祝愿雨云和它的闪电夫人永不分离。

迦梨陀娑的《云使》充分发挥抒情诗歌的艺术因素——强烈的感情、丰富的想象、优美的语言、和谐的韵律。它代表印度古代抒情诗歌的最高艺术成就,成为众口交誉的传世之作。因此,在印度古代,自从《云使》问世后,不断出现后人模仿《云使》而作的诗作,如《风使》《鹦鹉使》《蜜蜂使》《天鹅使》《月使》《杜鹃使》和《孔雀使》等,文学史家统称为"信使诗"(Dūtakāvya)。

按照梵语诗学中的味论,将文学作品中蕴含和表现的情味分为九种:艳情味、滑稽味、悲悯味、暴戾味、英勇味、恐怖味、厌恶味、奇异味和平静味。其中的艳情味又分为分离艳情味和会合艳情味。这类信使诗无疑属于分离艳情味。

《风使》(Pavanadūta)可能是现存最早的一部仿效《云使》的长篇抒情诗。作者陀依(Dhoyi,12世纪)生活在孟加拉地区高达国国王罗什曼那(Lakṣmaṇa)统治时

6

期,他和胜天(Jayadeva,即《牧童歌》作者)是受到国王宠信的两位宫廷诗人。

《风使》的内容是描写摩罗耶山上的天国健达缚少女古婆罗耶婆蒂,看到大地上高达国国王罗什曼那英勇奋战,征服天下,便爱上这位国王,陷入相思,痛苦烦恼。于是,在春天来临时,她委托摩罗耶山风前往高达国,替她向这位国王传情。她向风儿讲述一路上会经过的许多地方时,着重描写各种充满爱情欢乐的场景。然后,她让风儿向国王转述自己的相思病状。这样,会合艳情味和分离艳情味形成鲜明对照,更突显这个健达缚少女与国王分离的凄惨悲苦的心境。最后,她借风儿之口,向国王说明自己在爱情火焰烧灼下,已经命悬一丝:

> 她的肢体遭受炽烈的爱情之火烧灼,
>
> 胸脯上涂抹的檀香膏顷刻之间干枯,
>
> 还用多说什么?这莲花眼少女已经
>
> 走投无路,唯有嫁给你能救她一命。(93)

陀依是高达国国王罗什曼那的宫廷诗人,而《风使》中健达缚少女爱恋的对象正是这位国王。这说明陀依创作这部《风使》,既借以显示自己的诗歌创作才能,也借以歌颂自己的恩主。

《天鹅使》(*Haṃsadūta*)的作者是鲁波·高斯瓦明(Rūpa Gosvāmin,16世纪)。他是孟加拉地区国王胡塞因·夏赫(Husain Sāh)的大臣,学识渊博,梵语著述成果丰硕。他也是一位著名的梵语诗学家,著有《虔诚味甘露海》(*Bhaktirasāmṛtasindhu*)和《鲜艳青玉》(*Ujjvalanīlamaṇi*)等。梵语诗学通常确立九种情味,而在12世纪以后,随着印度各地方言文学的兴起,虔诚文学思潮出现。与这种文学思潮相适应,在梵语和各地方言诗学中出现虔诚味论。

高斯瓦明在《虔诚味甘露海》中,将虔诚味分成十二种。其中,五种主要的虔诚味是平静虔诚味、尊敬虔诚味、友爱虔诚味、慈爱虔诚味和甜蜜虔诚味,可以分别称作沉思型、奴仆型、朋友型、父母型和情人型。平静虔诚味的常情是平静的爱,情由是适合瑜伽行者沉思的四臂毗湿奴、平静的虔信者、听取奥义书和幽居独处等。尊敬虔诚味分成对主人的尊敬和对长辈的尊敬,前者的常情是对主人尊敬的爱,情由是黑天、黑天的奴仆、获得黑天的宠爱和黑天脚上的尘土等;后者的常情是对长辈尊敬的爱,情由是黑天、黑天的晚辈、黑天慈爱的目光和微笑等。友爱虔诚味的常情是朋友之间信任的爱,情由是黑天、黑天的朋友、黑天的笛子和螺号等。慈爱虔诚味的常情是父母慈祥的爱,情由是黑天、黑天的长辈和黑天儿时的游戏等。甜蜜虔诚味的常情是甜蜜的爱,情由是黑天、美丽的少女们和黑天的笛声等。这种甜蜜虔诚味也就是艳情味,列在五种主要的虔诚味最后,表明它是最重要的虔诚味。高斯瓦明的《鲜艳青玉》专论这种虔诚味。高斯瓦明创作的这部《天鹅使》中传达的情味便是这种甜蜜虔诚味。

毗湿奴化身黑天下凡的目的是为人间除暴安良。黑天诞生在雅度族婆苏提婆家中,为避免遭到暴君刚沙的杀害,从小被寄养在牧人南陀家中。他从童年时代就开始展示神奇的威力,诛灭许多危害人类的阿修罗。而作为牧童,他与牧女们经常一起在阎牟那河边唱歌、跳舞和调情。黑天最钟爱的牧女是罗陀。黑天成年后,前往摩突罗城杀死暴君刚沙,此后留在摩突罗城。后来,黑天在婆罗多族大战中,协助代表正义一方的般度族,消灭代表非正义一方的俱卢族。

《天鹅使》的内容是描写黑天离开牧人村落,前往摩突罗城后,牧女们无限思念黑天,而罗陀仿佛"跌入痛苦之水深不见底的忧愁之河"。一天,她和女友们一起前往阎牟那河,"想要浇灭心中的愁火"。而故地重游,触景生情,"罗陀突然昏倒在地不动弹"。罗陀的女友罗丽达"把她抱在自己的怀中,用沾有阎牟那河水的荷叶为她扇风",终于让罗陀苏醒过来。然后,罗丽达看到阎牟那河边飞来一只天鹅。于是,罗丽达快步迎上前去,请求这只天鹅为牧女们向黑天传信。

罗丽达向天鹅指引前往摩突罗城的路,描述牧女们过去与黑天一起快乐游戏的情景,尤其是罗陀与黑天相亲相爱的情景。罗陀对黑天的爱情忠贞不渝,以生命相托:

> 黑天啊,我的女友最初从远处见到
> 你的不可言状的风采,从此失去了
> 利害得失的分辨力,如同飞蛾扑火,
> 她一次次奋不顾身扑向爱情的火焰。(77)

自从黑天离去后,罗陀日夜思念,失魂落魄,凄苦万状,已经到达精神错乱和生命垂危的地步:

> 我的女友全身燃烧由你引起的离愁之火,
> 又遭到如同猎人的爱神的花箭频频袭击,
> 身体日益消瘦,生命气息今天或明天就

可能离开她的身体，犹如鹿儿离开森林。（89）

女友们竭尽全力救护这位莲花眼少女，

已经束手无策，看来爱神想要害死她，

唯有与你团聚的希望至今还没有放弃

我的女友，依然在努力保护她的生命。（95）

在《天鹅使》中，高斯瓦明充分发挥自己的艺术想象力，对分离艳情味的刻画可谓淋漓尽致。甚至其中对毗湿奴十次化身下凡事迹的描写，也能结合罗陀的相思痛苦，在赞颂中带有埋怨，可谓高斯瓦明艺术想象力的独特展现。

自然，按照高斯瓦明的虔诚味论，这部《天鹅使》是以罗陀和牧女们对黑天的爱象征毗湿奴教派信徒对大神毗湿奴的爱。可是，我们也可以变换视角，认为这部《天鹅使》是在颂神的名义下讴歌尘世的爱情。

《风使》和《天鹅使》翻译依据的原文是奥尼安斯（I. Onians）和婆苏提婆（S. Vasudeva）编订本（*Messenger Poems*，New York University Press，2006）。这部《信使诗集》收有迦梨陀娑的《云使》、陀依的《风使》和高斯瓦明的《天鹅使》这三部信使诗，附有英译，译者是马林森(J. Mallinson)。迦梨陀娑的《云使》已有金克木先生的汉译本。我这次译出《风使》和《天鹅使》,可以让国内读者进一步了解印度古代梵语文学中的这类表现分离艳情味的信使诗。

黄宝生

2022 年 2 月

妙语游戏

MIAO YU YOU XI

杂　咏

我的诗从语言乳海中
搅出,甜美到达极点,
大地上的品尝者肯定
能感受到莫大的快乐。(1)

大象发情而颞颥流淌液汁众所周知,
母象值得同情,其他兽类不值一提,
因此,兽中之王狮子在这个世界上,
能在哪里展现无比尖锐的爪子威力?① (2)

---

① 在梵语文学中,经常描写兽王狮子用爪子撕破大象的颞颥,以显示狮
子的无比威力。

天鹅家族首领过去生活在心湖①中，

湖水沾有莲花散落的花粉而芳香。

嗨！你说说，它现在怎么能生活

在这一个挤满青蛙的小小池塘中？（3）

那些鹧鸪满怀渴望，凝视着东方，

白莲准备绽放，爱神已挽开花弓，

骄傲的女子抛弃骄傲，创造主啊！

这时乌云覆盖月亮，这样合适吗？②（4）

绽开的莲花啊，那些蜜蜂吸吮

你流淌的蜜汁，嘤嘤嗡嗡吟唱，

而你的这一位无私的朋友风儿，

携带你的芳香，传送四面八方。③（5）

古遮吒花啊，你不要蔑视

偶尔飞到你这里来的蜜蜂，

---

① 心湖（mānasa）位于盖拉瑟山上，是神圣的湖泊。

② 鹧鸪（cakora），又称饮光鸟，喜爱饮用月光，犹如饮用甘露。白莲夜晚在月亮照耀下绽放。

③ 这首诗意谓蜜蜂为自己吸吮莲花蜜汁，而风儿为他人传送莲花芳香。

4

因为莲花对前来吸吮自己
蜜汁的蜜蜂表示高度尊敬。(6)

杜鹃啊，你在树林深处，
度过长久枯燥无味日子，
直到这芒果树花朵绽放，
蜜蜂纷纷飞来围绕身旁。(7)

莲花啊，苍鹭冷漠无情，
你又何必心中感到沮丧？
那些蜜蜂热爱你的蜜汁，
但愿它们长久活在世上。(8)

水池啊，你别自怨自艾，
心中觉得自己如此低微，
你的池中蕴藏丰富水源，
人们纷纷垂下绳索汲取。① (9)

---

① 这首诗中，atyantasarasahṛdaya 既读作池中蕴藏丰富水源，也读作心
中蕴含丰富情味，以水池暗喻诗人；guṇa 既读作绳索，也读作品德，暗
喻那些具有品德者善于品尝情味。

莲花绽放,饱含蜜汁,

蜜蜂在这里欢度时日。

嗨！它们怎么还可能

会渴望那些古遮吒花?（10）

檀香树啊,以浓郁

香气抚育吐毒的蛇,

世上有谁敢于称颂

你的这种伟大行为?（11）

檀香树啊,有谁会

效仿你的这种行为?

你甚至用香气满足

那些把你砍倒的人。（12）

天鹅啊,如果你不再

勤奋地区分牛乳和水,

那么,在这世上有谁

还会守护家族的传统?①（13）

---

① 按印度古代传说,善于区分牛乳和水是天鹅家族世代传承的特殊才能。

伟大人物表面上如同
剑刃,比毒蛇更可怕,
而内心甜蜜如同葡萄,
适合成为人们的导师。(14)

绽放的莲花啊,就让蜜蜂
嘤嘤嗡嗡吟唱,吸吮你的
蜜汁吧!而世上唯有风儿
将你的香气传送四面八方。(15)

位于路边的水池满怀忧虑,身体消瘦:
"一旦夏季千道灼热阳光照射,我干涸,
受酷暑折磨的旅人们去找谁啊!"这样的
水池是有福者,相比之下大海算什么?①(16)

水池啊,一旦你池水枯涸,
那些鸟儿会展翅飞向空中,
蜜蜂也会飞向芒果树花朵,
可怜的鱼儿陷入绝望困境。(17)

---

① 水池无私慷慨,让旅人饮水解渴,还为旅人操心,而大海虽然海水无量,却让人无法饮用。

7

莲花啊，你不要认为风儿
像蜜蜂那样贪恋你的香气，
即使受人尊敬，它为了让
世人高兴，而成为乞求者①。（18）

莲花啊，蜜蜂发出美妙的
嗡嗡声，你不要闭合沉默，
因为最慷慨的天国如意树，
也尊敬地让蜜蜂停留树顶。（19）

檀香树啊，虽然你具有所有的
品德，而由于你容留那些毒蛇，
导致善人们无法靠近你的身边，
我们该怎样称述你的高尚品德？（20）

蜜蜂飞遍各处角落，
也见过所有的树木，
芒果树啊，它没有
发现能与你媲美者。（21）

---

① "成为乞求者"指向莲花乞求香气。

蜜蜂啊,在你品尝美味
不可言状的天国花朵后,
如果你还渴望前去品尝
其他的花朵,岂不愚拙?(22)

河流啊,你认为自己起源于
文底耶山而圣洁,即使干涸,
也不愿意接受街头流来的水。
你好好想想,这样是否正确?(23)

跋尔菩罗树啊,始终不见你
展现树叶、果实和花朵之美,
而且你的树干周围布满尖刺。
你说,凭什么我们会走近你?(24)

杜鹃啊,你独自住在这个
密林中,从不发出鸣叫声,
因此那些凶狠的乌鸦以为
你是同类,才没有杀害你。(25)

雪山啊,凭什么品质,

你拥有如此大量的雪？

剥夺树木的美，也让

众生忍受寒冷的折磨。（26）

幼象啊，你不应该蔑视

来到你身边的那些蜜蜂，

流淌颢颢液汁而优美的

象王头顶也停留有蜜蜂。（27）

蜜蜂享受天国花朵的

香气，满足所有愿望，

仍去追逐其他的花朵，

这种行为实在太荒唐！（28）

芒果树啊，蜜蜂访问过

杜鹃①，也已经观察周围

所有树木，但没有发现

世上哪种树能与你相比。（29）

---

① 芒果树是杜鹃最喜爱的树。

即使雨季的乌云会普降大雨，

但对这棵树的养护，园丁啊，

怎能与你在阳光灼热的酷暑，

怀着柔情给它浇洒的水相比？（30）

花园主人无所用心，土壤缺乏水分，

狂风扬起尘土，酷暑炎热难以忍受，

这一切能让迦昙波树毁灭，雨云啊，

而创造主让你从某处前来降下甘露。（31）

天啊，今天那头狮子死去，那些母豺

在滚动着许多珍珠的山洞口高声嗥叫，

过去那些大象的眼睛惊恐转动，颞颥

流淌吸引蜜蜂的液汁，不敢站在这里。①（32）

园丁一视同仁，爱护所有的树木，

并没有偏爱这棵年幼的波古罗树，

而它迅速成长，鲜花盛开，香飘

_____

① 按印度古代传说，大象颞颥中含有珍珠。这首诗中提到的珍珠是过去
狮子抓破大象颞颥而获得的珍珠。狮子的山洞口是大象也不敢站立
的地方，而现在母豺站在那里嗥叫。

四方,成群蜜蜂嘤嘤嗡嗡围绕它。(33)

你的躯干粗壮,树根坚实,枝叶繁茂,
住在难以攀登的高山,怎会遭遇危险?
而森林大火贪婪无情,让你陷入火圈,
树王啊,让我心中对你感到有些悲哀。(34)

饮雨鸟忍受着酷暑炽烈的阳光烧灼,
天天思念你,艰难地度过这些日子,
现在终于庆幸看到你来临,乌云啊!
你却降下冰雹,我们能对你说什么?(35)

纵然你饱含雨水,又何必盲目骄傲?
乌云啊,森林大火的熊熊烈焰已经
烧毁这些山顶上的树木,蔓藤凋落,
而你却毫无节制地向它们倾泻雨水!(36)

旅人啊,你听到前面乌云发出
震耳欲聋的轰鸣声,不必慌乱!
朋友啊,难道你不知正是这些
乌云以生命之水解除世上干旱?(37)

你的芳香享誉三界,你的清凉人人夸赞,

你的名声传遍四方妇女庭院,檀香树啊!

我还是要提醒你这一点:你的树洞里的

那些毒蛇喷射毒焰,吞没你的所有美德。(38)

并非怀抱仁慈和友情,

也不想求取什么回报,

即使如此,乌云依然

为世人解除炎热折磨。(39)

你出生在清净水池中,住在毗湿奴手上,

也成为吉祥女神的居处,你的芳香迷住

众天神的心,莲花啊,如果你进而喜爱

优美的天鹅,你的美德也就达到了极致。(40)

大海啊,看到如同日轮的珍珠与乱石

一起在海滩滚动,毗湿奴与低等水禽

一起睡在海面①,你无比伟大,却缺乏

分辨力,我不知该赞美,还是责备你!(41)

---

① 按印度神话,在创世之初,毗湿奴睡在海面上,肚脐中长出莲花,莲花
中诞生梵天,然后由梵天创造世界万物。

13

大海啊，即使你有大量的水，

却不能让口渴难忍的人饮用，

你蕴藏的那些珍珠有什么用？

辽阔似天空的身体有什么用？（42）

水池啊，你现在水源充沛，

若不尽快解除人们的焦渴，

一旦夏季阳光炽烈似火炭，

池水枯竭，还能为谁解渴？（43）

大海啊，如果你不生气发怒，

我们要坦率告诉你说：即使

乌云是你的求乞者，你居然

也不拒绝接受它降下的雨水。（44）

河流啊，我们不反对

你在这雨季流向恒河，

但是，你在恒河面前

翻滚波浪，很不合适。①（45）

---

① 这首诗意谓小人物不应该在大人物面前自我卖弄。

莲花啊,在因陀罗的园林中,众天神
嗅闻这只蜜蜂嗅闻过的天国花朵香气,
今天命运驱使这只蜜蜂吸吮你的蜜汁,
如果你还不知足,我们能对你说什么?(46)

你在这个水池中,已经
吞食许多莲藕,喝够水,
也受莲花崇敬,天鹅啊!
你该怎样回报这个水池?(47)

春季来临时,你围绕这棵芒果树
萌发的嫩芽,嘤嘤嗡嗡欢度节日。
蜜蜂啊,现在它遭不幸枝叶干枯,
如果你瞧不起它,岂不卑劣透顶?(48)

黑斑鹿啊,你为何在这里的密林中,
闭眼沉醉于与这一群雌鹿寻欢作乐?
要知道这里处在狮子游乐区域边沿,
地上有撕裂大象颞颥而散落的珍珠。(49)

这群鹿儿来到面前,

狮子是大象的敌人，

即使此时饥肠辘辘，

为何它不杀害鹿群？①（50）

这头狮子撕裂大象的颞颥，

散落地面的珍珠随处可见。

现在在这头柔弱的鹿儿前，

它怎么会炫耀自己的威力？（51）

象王啊，颞颥液汁淹没了你的眼睛，

你不能在这密林深处哪怕停留片刻，

山谷里睡着一头狮王，它曾用利爪

撕碎一块误以为是大象颞颥的巨石。（52）

象王的幼崽啊，你不要狂妄自大，

在附近山洞里窜来窜去，如果你

吵醒睡在母狮怀里的狮王的幼崽，

那么，这片大地上会只剩下母象②。（53）

---

① 这里意谓兽王狮子不屑于欺凌柔弱的小动物。

② 这里意谓狮王发怒，会杀死这里所有的大象，而只是出于怜悯，放过母象。

园丁出于天性，精心养护所有树木，

他也将波古罗树安置在花园中一处，

而谁知道这棵波古罗树虽然种植在

一个角落，却鲜花盛开，香飘四方。（54）

这条拉卡沃鱼能一口吞下提弥鱼，游动时

掀起巨浪发出呼啸声，让方位象想起以前

曼陀罗山搅动乳海，它在爱情游戏中吵架

怄气而游离大海，现在它能找谁做伴游戏?①（55）

这个树林里，一些树被疯象毁掉，一些树

被人们冬天取暖砍掉，一些树被夏季炽烈

阳光照射枯掉，天啊！这偏僻角落的丁香

树丛经常散发迷人芳香，也已被大火烧掉。（56）

欢喜园啊，你是天国世界顶珠，天国

树木的美妙居处，让因陀罗和舍姬都

称心满意，可是好心的朋友仍然祈求

---

① 按印度神话，拉卡沃鱼（rāghava）和提弥鱼（timi）均为大海中的超级大鱼。方位象是守护八个方位的神象。天神和阿修罗从前一起搅动乳海时，用曼陀罗山作为搅棒，这里以曼陀罗山比喻拉卡沃鱼。

创造主让在甘味林跳舞的火神远离你。①（57）

"人们忙于各自的事情，离我而去，
我也要用尖喙啄开笼子门闩出去。"
正当鹦鹉怀着品尝甘露般的愿望，
此时一条如同象鼻的蛇钻进笼子。（58）

鹿儿们啊，你们在这座山里随意玩耍，
为何想进入这条波涛汹涌的河流沐浴？
一头象王曾经进入这条河流，被急流
卷入漩涡，像是一块巨石沉入了河底。（59）

幼崽②啊，你就吃奶吧！为何眼角斜视
天边，目光发怒，以为那是一头疯象？
要知道那是新升起的乌云，发出阵阵
轰鸣声，为一切众生解除心中的焦虑。（60）

乌云啊，停止发出轰鸣声吧！

---

① 按印度神话，黑天和般度族阿周那曾应火神请求，阻挡因陀罗降下的
大雨，让火神实现焚烧甘味林而饱餐一顿的愿望。
② 这首诗中的"幼崽"指狮子幼崽。

我的胎儿在我的子宫里只有

一个月时，听到你的轰鸣声，

就以为你是疯象，躁动不安。①（61）

狮子怎么会在鹿群

面前施展自己威力？

因为这样会妨碍它

去撕裂大象的颞颥。（62）

你出生在清净的水中，居住在毗湿奴手中，

妩媚堪比美女脸庞，芳香迷住众天神的心，

你是大诗人的语言和爱神的精华，莲花啊！②

而你却依然迷恋蜜蜂，我们能对你说什么？（63）

象王啊，你享受欢情，

舒服地半闭眼睛躺着，

而内心中对你的死敌

狮子的仇恨仍在增长。（64）

———————

① 这里意谓生物具有天然的遗传性。
② 莲花是诗人们最喜爱运用的意象。爱神以莲花为首的五种花朵作为
自己的箭。

智者不会不假思索，

轻率随意开口说话，

而一旦开口说出话，

肯定不会反悔收回。（65）

慷慨施舍享誉三界，它出生于乳海，

住在天国欢喜园，芳香吸引众天神，

而如果天国的如意树能具有分辨力，

重视优秀求助者，则品德更加完美。（66）

猎人啊，你不必心中感到愧疚，觉得自己

残酷无情，剥夺信任自己的许多动物生命，

在国王的宫廷和圣地，有许多暗藏心机的

恶人，专门坑害善人，与你的境况差不多。（67）

大地母亲啊，世上有一些人，

假装谦卑，以种种花言巧语

骗取善人的信任，甚至你也

无法分辨，而同样支撑他们。（68）

一心为世界谋求利益，擅长

巧妙编排语言,仪表和姿态
深深吸引善人,智者的种种
非凡品德,难以用语言表述。(69)

真正的灵魂高尚者即使遭遇灾难,
仍然会展现他的非凡的慷慨本性,
犹如黑沉香木在遭到烈火焚烧时,
依然向四面八方散发非凡的香气。(70)

思想纯洁,始终给这世界带来快乐,
这样的人即使生气发怒也显得可爱,
犹如番红花味儿苦涩,而香气浓郁,
能给世上人们带来喜悦,显得可爱。(71)

如果无知者从知识宫窃得一点杂物,就在
从知识城劫得大量财富的智者前大肆炫耀,
那么,今天或明天,鸟儿会制伏蛇,兔子
会制伏大象,豺狼也能抬脚踩在狮子头上。(72)

人们受到导师的严词苛责,
日后便会练就高尚的品德,

犹如宝石不经过在磨石上
打磨，不能戴在国王头顶。（73）

正如国王纵容恶人，
檀香树也容留毒蛇，
灯罩容忍黑油烟子，
月亮表面也有斑点。（74）

确实，善人一向积极主动
行善，给所有人带来喜悦，
正如有谁请求月亮用它的
光芒，引起白莲花丛绽放？（75）

在这世上，恶人确实是毒蛇的
同胞兄弟，且不说不报答恩人，
反而无所顾忌谋害恩人，如同
毒蛇咬死用牛奶喂它长大的人。（76）

如果我们甘愿舍弃学问，为恶人
充当歌手，尽心竭力，把他捧上
难以想象的高位，而他一旦得势，

便恩将仇报，我们能对他说什么？（77）

知道恶人虚伪狡诈，

犹如毒蛇暗藏毒液，

人们与他保持距离，

以免招来不测灾祸。（78）

无私忘我，一心为他人谋求利益，

始终保持为众生服务的崇高品德，

心胸豁达和乐观，全然出自本性，

这样的人永远聪明能干而有成就。（79）

出身高贵，而又具足品德，

结交贤士，必然受人尊敬，

如同弦琴柱子缺少葫芦瓢，

也就无法奏出美妙的琴声。（80）

一个事物即使有许多优点，

却因一个缺点而受人指责，

犹如大蒜是一种优良药物，

却因气味辛辣而遭人嫌弃。（81）

那些品德高尚的人即使

遭逢灾难，处在昏迷中，

面临死亡，仍助人为乐，

这方面可以以水银为例。①（82）

以前悉多在树林里游乐时，见到一头

野兔，就会惊恐不安，投入罗摩怀中，

现在被魔王劫走，处在獠牙似犁头的

罗刹包围中，天啊，陷入如此的苦境！（83）

爱神经常在天神们面前炫耀自己臂力，

也成为天女们膜拜对象，而他用花箭

瞄准湿婆，天啊，湿婆额头上的眼睛

喷出火焰，顿时将他的身体化为灰烬。（84）

猴子们的聚会方式确实合适，

坐在那些柔软的树枝座位上，

用吱吱声交谈，用牙齿或者

---

① 水银（pārada）作为一种药品，名称为汞，含有剧毒。按这首诗的注释，
说水银让人昏迷，能解除一切病痛；让人走向死亡，能获得解脱或至
福。若这里用以比喻品德高尚的人，似乎不够贴切。

指甲为对方搔痒是待客之礼。(85)

何谓圣地？敬拜毗湿奴的莲花脚。何谓
宝石？思想纯洁。何谓经典？聆听之后，
消除愚暗。何谓有益的朋友？觉知真谛。
何谓擅长制造痛苦的敌人？邪恶的愿望。(86)

即使让恶人学习吠檀多，
也别指望他会改恶从善，
犹如弥那迦山长期浸泡
海水中，也不会变柔软。①(87)

可悲啊，缺德者得势，
而有德之士下场悲惨！
犹如其他树枝叶茂盛，
而檀香树被砍倒在地。(88)

树木自由自在地生活，

---

① 吠檀多(vedānta)是印度古代一种哲学的名称，以梵我同一为宗旨。
按印度神话，群山原本都长有翅膀，后来翅膀被因陀罗砍去，弥那迦山
(maināka)为此而逃入大海。

没有其他人前来骚扰，

心中就不会由此产生

无穷无尽的烦恼之火。(89)

有德之士能将自己的品德

灌输给心灵空虚的无德者，

值得大加赞赏，犹如蜘蛛

吐丝结网，迅速布满空间。① (90)

有谁能描述恶人是一种

特殊的火，像保护棉花

那样保护善人，而风儿

平息其他人的痛苦之火？② (91)

善人的品德高尚，注意保护

他人隐私，深得所有人喜爱，

而恶人败坏善人名誉，犹如

---

① 这首诗中的 guṇa，既读作品德，也读作丝。

② 按这首诗的注释，按照语境，诗中的 rakṣaṇa(保护)和 śamana(平息)的
字面义不适用，因而需要转读为 bhakṣaṇa(吞噬)和 pravardhana(增
加，或扇旺)。也可以说，这首诗是正话反说。

耗子,咬破他人贴身的内裤①。(92)

恶人专给善人制造痛苦,
用大蒜味淹没名声芳香,
用烈火驱除平静的清凉,
用空中花②替代慈悲心肠。(93)

向慷慨无私的楷模树木致敬!
它们承载大量树叶、花朵和
果子,忍受炎热和寒冷折磨,
为他人快乐而奉献自己身体。(94)

显然,他想要制伏这恶人,
这无异于出于好奇,想要
品尝剧毒,想要亲吻劫末
烈火,想要热烈拥抱蛇王。(95)

乌云啊,我知道你自高自大,

---

① 这里"贴身的内裤"暗示保护私处,犹如保护隐私。
② "空中花"指虚无的幻象。

而缺乏分辨力,对群山展现
自己极度慷慨,而无视这里
穷人们的这些谷物已经干枯。(96)

群山纵然伟大,大地比群山
更伟大,世界比大地更伟大,
而在世界末日来临时,那些
灵魂高尚者屹立不动最伟大。(97)

他向这恶人表达敬意,
犹如向空中播撒种子,
在风中绘制优美图画,
在水中划出横竖线条。(98)

这傻子送给猴子一条
项链,猴子拿着项链,
又舔又闻,然后起身,
把它扔在自己屁股下。(99)

你身体暗黑,莲花依然充满红色,
你嘤嘤嗡嗡,莲花依然绽露笑脸,

你飘忽不定，莲花依然流淌蜜汁，

蜜蜂啊，你怎么能这样离开莲花？①（100）

这个人为私利从富人那里获取

钱财，脸色灰暗，有什么奇怪？

而雨云是为他人谋福，从大海

获取水，怎么会变得全身乌黑？（101）

檀香树啊，因为你的父亲生长

在山顶，你的出身也属于木材，

而你又与毒蛇结伴，即使如此，

你凭借内在的美德，依然伟大。（102）

善人啊，你为什么一心想要积聚大量

品德？如果你说为了装饰自己，那么，

请听我的忠告：正是依靠世上积累的

---

① 这首诗中的 rāga，既读作红色，也读作激情或爱情。这首诗暗喻情人
之间的关系，因此，"充满红色"表示充满激情或爱情，"嘤嘤嗡嗡"也可
理解为唠叨不休，"飘忽不定"也可理解为不忠贞，"流淌蜜汁"也可理
解为展示柔情。

优美迷人事物,迦利的身体日益强壮。①(103)

春季啊,蜜蜂在充满粉红色嫩叶的
芒果树丛中嘤嘤嗡嗡,如果没有你,
在这莲花盛开的四面八方,烟尘和
热风会像烈火那样烧灼杜鹃的身体。(104)

这头狮子凭借自己勇气和利爪,
撕碎误以为是大象的山上巨石,
天啊,一旦时运不济,即使是
狮子,也不能获得一点儿食物!(105)

这狮子幼崽躺在母狮怀中,
虽然刚出生,而隐约听到
雷鸣声,便悄悄蜷缩身子,
想要一跃而起,扑向前去。②(106)

---

① 按印度神话,世界从创造至毁灭的一个周期分为四个时代,第四个时
代名为迦利时代(kaliyuga)。在这个时代中,社会正义逐渐丧失,直至
灭亡,世界随之毁灭。迦利是这个时代的神格化,而他是一位恶神,象
征争斗。按照这首诗的注释,在迦利时代,世上美好的事物和品德互
相争斗,由此迦利日益强壮,加速世界毁灭。
② 这头狮子幼崽以为雷鸣声是大象吼叫声。参阅前面第 60 首和第 61
首诗。

你啊，具有神奇的智慧！
我哪能描述你对品德的
热爱？因为你从不忘却
所有的具足品德的善人。①（107）

恶人啊，我要在智者们
面前细细讲述你的水平，
哎呀，还是不要去讲吧！
罪人啊，讲了有什么用？（108）

与恶人结伴，犹如
喜悦的鹿遭遇大火，
宁静的树遭遇疯象，
知识之灯遭遇狂风。（109）

恶人擅长设置障碍，
阻扰好人行善积德，
毒蛇擅长剥夺那些
清白无辜人的生命。（110）

---

① 这首诗是对一个恶人说的话，明褒暗贬。

创造主已将雌蛇安置在恶人
舌头上，否则，怎么会被她
咬上一口，若不立即用魔咒
对治，连片刻时间也活不了？（111）

朋友啊，你从事崇高
事业，获得洁白名誉，
因此，只要我们活着，
就会不断地为你祝福。①（112）

善人们始终为他人谋福利，
言语极其甜蜜，如同甘露，
心胸像大海那样慷慨大度，
名誉洁白似秋季洁白月光。（113）

"春天已经来临，终于让我
沉默已久的歌喉得以恢复。"
正当杜鹃这样愉快地思索时，
猎人的一支箭射中它的心窝。（114）

---

① 按这首诗的注释，也是明褒暗贬，实际意思是：恶人啊，你从事卑鄙的
事业，臭名昭著，只要我们活着，就会不断诅咒你。

一个缺乏品德的人，无论

怎样装模作样，也不可能

会像现在绽放鲜艳花朵的

这棵木棉树那样光彩熠熠。（115）

水池没有淤泥，集会

没有恶人，诗中没有

刺耳词语，心中没有

贪欲，堪称光彩熠熠。（116）

在这世上能领悟诗中

微妙精髓的知音稀少，

谁能像蜜蜂那样善于

探寻和汲取百花蜜汁？（117）

蜜蜂啊，你怎么会不知

羞愧，享受这一株蒙有

灰尘①，色泽苍白，而又

---

① 这里"蒙有灰尘"的原词是 sarajaskā，也读作经期妇女。按印度古代习俗，认为经期妇女不洁净。因此，这首诗是以盖多吉蔓藤暗喻经期妇女。

布满尖刺的盖多吉蔓藤？（118）

苦行者若缺乏知识，
犹如歌曲缺乏音调，
又如国王缺乏尊严，
大象缺乏颞颥液汁。（119）

善人品德依靠自身闪耀
光辉，不依靠他人吹嘘，
正如我们无须依靠赌咒
发誓来证明麝香的香气。（120）

麝香啊，我提醒你不要为自己
具有无与伦比的芳香得意忘形，
正是由于这种芳香，你的藏身
深山密林的父亲惨遭杀身之祸。（121）

与善人结交能摒弃邪念，
能清除污垢而净化思想，
增长对一切众生慈悲心，
怎么会不带来幸福吉祥？（122）

高尚的人思想纯洁，

一心为他人谋福利，

他们的忠告似良药，

虽然苦涩而能治病。（123）

森林中那些树木枝叶茂盛，

硕果累累，俯身弯向地面，

我认为这是它们听了蜜蜂

吟唱的赞歌，而愈发谦逊。（124）

死者起死回生，穷人慷慨施舍，

放荡的妇女真心爱恋自己丈夫，

歹徒心中产生友情，在创造主

创造的世界中，没有这样的事。（125）

甚至那些高贵的妇女，

也难以让人完全信任，

白莲受到月亮的宠爱，

仍然与那些蜜蜂调情。（126）

命运难以驾驭，既会

不请自来,赐予人们

幸福,也会突如其来,

取走人们的所有一切。(127)

看到你在战场上,用圆柱般的双臂将硬弓

挽成圆圈,发射利箭,摧毁强大敌人阵容,

哪个国王不会想起当年愤怒的阿周那挽开

甘狄拔神弓,发射大量火箭,焚烧甘味林?①(128)

但愿太阳的光芒保护你!

正是这些阳光,照亮四面

八方的角落,让那些莲花

优美可爱如同美女的眼睛。(129)

附录三首:

真挚友情一旦破裂,犹如剑断裂,难以

弥合;即使勉强弥合,也已松懈;即使

不松懈,也不再真诚;即使已消除猜疑,

---

① 按印度神话,般度族阿周那协助火神焚烧甘味林。参阅前面第 57
首诗。

一旦日后回想起来，心中仍会隐隐作痛。（1）

善人为他人痛苦忧伤，
而不为自己痛苦忧伤，
他们对钱财漠然视之，
而万分珍惜自己名声。（2）

在智者们面前，表现智慧纯洁，
在苦行者面前，表现六根清净，
在自己人面前，说话尖酸刻薄，
世上恶人就是这样有多副面孔。（3）

平　静

感官对象森林围绕我,燃烧着熊熊大火,
让我的心中充满焦虑,但愿我的心成为
饮光鸟,长久面对毗湿奴月亮脸,这个
不断闪耀着吉祥光辉而甜蜜的甘露宝库。①（1）

毗湿奴啊,你护持如同吉祥女神眼睛的
莲花,而你的目光胜过清晨绽开的莲花,
成为三界的至爱,我忍受着胜过烈火的
痛苦烦恼折磨,愿你的目光带给我清凉!（2）

但愿这美妙的乌云亲吻我的心! 它位于
源自迦邻陀山的阁牟那河岸的天国树上,

---

① 这首诗中,诗人以饮光鸟比喻自己的心,以月亮比喻毗湿奴的脸庞。

围绕有数以百计不断闪耀的电光,只要

想到它,它就满怀慈悲为人们驱除灼热。① (3)

但愿这棵多摩罗树迅速驱除我的疲劳!

它照亮迦邻陀山阁牟那河岸森林深处,

经常消除在路上来来往往的旅人疲乏,

围绕数以百计蔓藤,闪耀可爱的光辉。② (4)

但愿新升起的乌云驱散我心中黑暗!

它向世界普降闪耀光辉的新鲜甘露,

迅速平息众生的三种烦恼,停留在

沃林达森林,受到众天神俯首敬拜。③ (5)

但愿苾湿尼族俊杰④像雨季的乌云

那样,迅速为我驱除灼热的痛苦,

---

① 这首诗中,乌云暗喻黑天,电光暗喻牧女。黑天是毗湿奴的化身之一。
　 他自小被寄养在牧人南陀(nanda)家中,因此,在少年时代与牧女们一
　 起游戏玩乐,相亲相爱。路上来来往往的旅人则暗喻在生死轮回中流
　 转的众生。
② 这首诗中,多摩罗树暗喻黑天,蔓藤暗喻牧女。
③ 这首诗中的乌云也是暗喻黑天。按这首诗的注释,"三种烦恼"指人体
　 的烦恼、天神的烦恼和灵魂的烦恼。
④ "苾湿尼族俊杰"指黑天。

我的身体在生死轮回中受尽折磨，
犹如受到夏季骄阳炽烈火焰烧灼。（6）

但愿居住在阎牟那河边的黑天多摩罗树
驱除我心中烦恼！我头脑愚笨，不停地
在无边无际的生死轮回中游荡，出没在
艰难险阻的感官对象森林中，疲惫不堪。（7）

毗湿奴受到大海的女儿①拥抱，
犹如多摩罗树受到波利扬古
蔓藤拥抱，但愿在我临终时，
这位尊神能出现在我的心中。（8）

这无比美妙的乌云，
让所有人大饱眼福，
但愿它能迅速驱除
我心中的烦恼痛苦！（9）

黑天啊，我不知羞耻，妄自尊大，无视你

① "大海的女儿"指吉祥女神。

40

甚至在梦中对我的忠告,话语纯洁甜蜜似

甘露,犯下许多罪过,你还信任我,哪里

有像你这样的慈悲海,像我这样的痴迷者?(10)

无论你是前往地下世界,或者升入天国,

登上弥卢山,越过大海,你的欲望仍然

不会平息,心灵和肉体充满痛苦,如果

想获得至福,就饮用名为黑天的甘露吧!(11)

慈悲的化身①啊,我想到自己

置身于生死旷野,心情沮丧,

你甚至救护妓女和阿迦密罗,

因此,绝不会对我漠不关心。②(12)

生命啊,你吃过葡萄,尝过白糖③,喝过

---

① "慈悲的化身"指毗湿奴。

② 按这首诗的注释,有个妓女从早到晚没有接到客人,心情沮丧,而经过
沉思,认识到唯有自己的"自我"是真实存在。阿迦密罗原本是个恶
人,在阎摩差吏前来索取他的生命时,他呼叫自己儿子的名字"那罗
延"(即与毗湿奴的称号"那罗延"同名),随即,毗湿奴的侍从来到,赶
走阎摩差吏。由此,阿迦密罗后悔自己过去作恶,最后获得解脱。

③ 此处"白糖"的原词是 sitā,词义为白色的(糖)。据季羡林先生在《糖
史》一书中考证,古代印度将砂糖(śarkarā)制作技术传入中国,而中
国又改进制糖技术,将白糖制作技术传入印度。

牛奶,也升入天国饮用甘露,亲吻天女,
你说实话,在生死旷野中游荡,在哪里
见到过"黑天"这两个音节流出的蜜汁?(13)

向"黑天"这两个音节致敬!因为黑天是
摧毁罪恶高山的金刚杵,救治生死病痛的
圣仙药,驱散谬论夜晚黑暗的太阳,焚毁
残酷无情森林的大火,通向至福宫的门径。(14)

心儿啊,为你着想,我要告诉你:不要
亲近沃林达森林里那个喂养牛群而貌似
乌云的人,因为他会面露甘露般的微笑,
而诱惑你贪恋感官对象,加速走向毁灭。①(15)

舌头啊,如果你善于品味,那么你就反复
念诵黑天这个名字,它会让你尝到远胜于
葡萄的甜蜜,一旦它占据喉咙,进入心中,
会赐予美妙无比的爱意,驱除内在的黑暗。(16)

---

① 这首诗中所说的那个人显然是黑天。这首诗是故作惊人之语,实际是
正话反说。

世界上有许多美丽的鸟，而我最喜爱

其中的饮雨鸟，因为我每次看到它们，

会想起它们的朋友乌云，名为黑天的

不可言状的梵①也就会出现在我的心中。（17）

天啊，谁能描述那些无知的人？他们

不知道自己的心，向他人询问毗湿奴。

要知道毗湿奴的光辉照耀世界，遍及

一切，是所有的关于自我奥义的依据。②（18）

心儿啊，我的朋友，如果想侍奉，就侍奉

吉祥女神之夫！如果想沉思，就沉思手持

飞盘者！如果想交流，就歌颂爱神的敌人，

如果想入睡，就睡在无边无际的快乐之中！③（19）

身体在生死轮回中如同受到酷暑炎热

---

① "梵"（brahman）指宇宙本体或本原。毗湿奴教派也将黑天（即毗湿奴）视为梵。
② "关于自我奥义"指关于梵的知识，即梵我同一，或者说，梵即自我。毗湿奴教派将毗湿奴视为梵，因此，毗湿奴就在每个人的心中。
③ 这首诗中，"吉祥女神之夫"和"手持飞盘者"均指毗湿奴。"爱神的敌人"指湿婆。"无边无际的快乐"指梵。

烧灼,而有福之人迅速摆脱罪恶之网,

砸碎愚昧无知锁链,得以沐浴在清除

贪欲污泥而纯净清凉的自我甘露池中。（20）

人们迷失在生死轮回之中,想摆脱

束缚而举行祭祀,求取平静而沉思

牟尼们各种观点,想越过罪恶之海

而去圣地沐浴,而这一切完全无效。[①]（21）

愿我潜心沉思大神毗湿奴,

依次拥抱他的双脚、小腿、

大腿、肚脐和胸口,然后,

凝视他的光辉灿烂莲花脸。（22）

但愿我驻留在至高灵魂中,

无论是摩罗耶山风和剧毒,

美女头发和毒蛇,旃陀罗

贱民和爱神,都一视同仁。（23）

---

① 这首诗的言外之意是想要摆脱束缚、获得平静和越过罪恶之海必须崇
　拜大神毗湿奴。

整个世界变化不停，
人的身体尤其如此，
天啊，正因为这样，
人们经受多少磨难？（24）

即使知道人人到时候
必定会进入死神之口，
天啊，为何人们至今
不愿意摒弃感官享乐？（25）

就让王权的光辉立即消失吧！
或者让锋利的剑刃刺向我吧！
我宁可让死神取走我的头颅，
也别让我的心背离正法一步。（26）

就让敌人向我不断投来
火把，覆盖我的头顶吧！
就让剑刃砍我的身体吧！
我绝不会开口说任何话。①（27）

---

① 这首诗意谓对死亡无所畏惧。

我的生命啊，你就算没有

发现任何拯救自己的方法，

又何必沮丧？你为何从不

记起南陀的那个养子黑天？① (28)

但愿我一刻也不要迷恋财富，如同

蜂群围绕大象的颞颥液汁嘤嘤嗡嗡，

因为人们迷恋财富，犹如酒后眼睛

兴奋转动，忘却敬拜毗湿奴的双脚。(29)

为何你在有生之年，

毫不害怕死神来临？

或许你安然入睡时，

身旁恒河母亲醒着。② (30)

为何我能在这大地上，

煞费苦心，奔波忙碌？

因为有至高之神黑天，

---

① 黑天从小被寄养在牧人南陀家中，因此称他为南陀的养子。这首诗指
  出没有其他拯救自己的方法，黑天是唯一的救主。
② 这首诗意谓恒河母亲始终醒着保护你。

在我的头顶上保护我。(31)

我的心啊,我经常敬拜焚毁
爱神的湿婆莲花脚,为何你
把我投入生死轮回的苦海中?
这是因为你始终为儿子忧伤。①(32)

弹宅迦林中的仙人们
远远望见罗摩,心中
猜疑:这是一座翡翠山,
还是年轻的多摩罗树?②(33)

这是太阳的女儿吗?不是,阎牟那河
充满水。③ 这是翡翠的光芒吗?也不是,
因为让人感到甜美。在满怀好奇观察
罗摩肤色时,有谁最初不会产生疑惑?(34)

---

① 按印度神话,爱神被大神湿婆额头的第三只眼睛喷的火焰化为灰烬。
 这首诗中,"爱神"的用词是 manobhava,词义为心生,即心中产生的,
 因此,爱神也被说成是心的儿子。这样,敬拜湿婆便造成自己陷入轮
 回苦海中。
② 罗摩是毗湿奴的化身之一,皮肤黝黑。
③ 阎牟那河是太阳的女儿,河水呈现黑色。

神猴哈努曼最初心想这是从乌云
坠落的闪电，还是从天国如意树
掉落的蔓藤？然后依据深长叹息，
确认这是与丈夫罗摩分离的悉多。①（35）

恶人家中充满财富，婆罗门家中空空荡荡，
天啊，善人早逝，恶人长命百岁，看到你
如此不公正，创造主啊，我心中充满怒火，
而我能怎么办？我只是穷人，而你是主人。（36）

请大胆地说吧！从弥卢山的山脚
到大海岸边，在所有优秀诗人中，
有谁像我这样幸运，品尝葡萄的
甜蜜液汁，享有语言大师的地位？（37）

智王②的诗悦耳动听，语言女神品味到
其中甘露般的情味，也会不知不觉中
停下自己拨动琴弦的手，因此，除了

---

① 这首诗描写神猴哈努曼跃过大海，前往楞伽城寻找悉多，最初见到悉多时的情景。
② "智王"（paṇḍitarāja，即智者之王）是诗人世主的称号。

48

湿婆和动物,没有人听后不点头称赞。①（38）

蜜糖、葡萄和甘露,还有美女的嘴唇,

甚至有时品尝后,也不让人感到喜悦,

而如果感觉迟钝,品尝世主的诗歌后,

也不感到喜悦,那真是白白活在世上。（39）

朋友啊,如果你创作的诗歌,能打消

成熟的葡萄为自己的蜜汁产生的骄傲,

那么你就愉快地在我面前吟诵,否则,

不要对外宣扬,就像自己做了亏心事。（40）

我的语言啊,听到满怀妒忌者

说出不恭敬的话,你不必沮丧,

因为你能给那些知音带来快乐,

犹如莲花蜜汁给蜜蜂带来快乐。（41）

在这世上,智者沉默寡言,很少称赞

他人话语,国王迷醉财富而心不在焉,

---

① 按这首诗的注释,湿婆已经获得解脱,超越尘世的一切。

我的这些成熟的诗歌甜蜜似天女充满
激情的嘴唇,能在谁的面前翩翩起舞?(42)

智王诗中情味甜美,
堪比最甜蜜的葡萄、
牛奶、甘蔗和甘露,
确实值得人们赞扬。(43)

通晓经典,履行责任,青年时代
蒙受国王的恩宠,如今摒弃欲望,
住在摩杜城,崇拜毗湿奴,作为
智王应做的一切,我都已经完成。(44)

我把这些诗歌编成集,
如同把许多珍贵宝石
装进一个箱子,以防
那些行为不端者剽窃。(45)

附录一首:

一旦我站在恒河岸边,闭上眼睛,

顿时驱除所有感官对象,我沉浸
在无比甜蜜的梵中,它光辉闪耀
如同新升乌云,驱散心中的愚暗。(1)

风使
FENG SHI

大地吉祥优美的檀香山上，

有一座健达缚居住的金城，①

属于天国城市周围的辅城，

那些游戏厅金顶高耸入云。（1）

那里有位健达缚少女名叫古婆罗耶婆蒂，

肢体柔软胜过爱神花箭花朵，看到国王

罗什曼那②在大地上勇往直前，胜利挺进，

征服天下，她顷刻间就被爱神花弓征服。（2）

她忧郁烦恼，脸色苍白，身体慵倦，

而她没有向心腹女友透露心中爱情，

然后春天来临，她前往另一个地方，

---

① 檀香山（cadanādri）即摩罗耶山（malaya），盛产檀香树。健达缚
（gandharva）属于半神类，是天国歌伎。

② 国王罗什曼那（lakṣmaṇa）是孟加拉地区高达国国王。他的名字全称
为罗什曼那·塞纳（lakṣmaṇasena），因此，后面的诗中也称他为塞纳
族国王。

满怀渴望,俯首向摩罗耶山风请求:(3)

风儿啊,一切众生呼吸来自于你,
而你作为南风,本性和蔼又能干,
速度胜过思想,我前来向你求助,
因为向你求助,愿望绝不会落空。(4)

看到罗摩陷入与爱妻分离的痛苦境地,
你的儿子跃过大海寻找悉多,风儿啊!①
你畅通无阻,因此你为我从摩罗耶山
前往高达国,这些距离能算得了什么?(5)

你务必要在这个百花盛开的季节,前往
高达国,那里庭院里花园绿荫遮蔽天空,
向国王诉说我的处境,以拯救我的生命,
因为你在三界中始终展现为他人谋幸福。(6)

你携带檀香树无比美妙的香气,
迅速离开摩罗耶山脚下的树林,

---

① 罗摩的妻子悉多被十首魔王罗波那劫往楞伽岛,神猴哈努曼纵身跃过大海,为罗摩寻找悉多。哈努曼是风神的儿子。

不要让那些自私自利的蛇继续

耽于享乐，一口一口地吞饮你。（7）

你从檀香山出发，前行半由旬^①，

就能到达世界的顶饰槃底耶国，

那里有著名的乌罗伽城，城郊

铜叶河边有成排成排的槟榔树。（8）

宫殿里那些妇女尽情欢爱后困倦，

蔓藤般的手臂瘫软，摩罗耶山风

吹进窗户，成为扇子，拂动她们

披散的头发，扇干她们身上汗珠。（9）

如果你怀有好奇心，你可以去那里假山，

观看那些妇女游戏玩耍，用系象的链条

连接成渡海的桥，仿佛大地母亲为保护

自己的女儿，向楞伽岛伸出长长的手臂。^②（10）

---

① "由旬"（yojana）是长度单位，一由旬约十二三公里。
② 按印度神话，罗摩依靠猴子大军协助，架桥渡海，前往楞伽岛，诛灭罗
 波那，救出悉多。悉多是大地母亲的女儿。

你在那里还会看到洁白高耸的湿婆神殿，

高利女神①出于妒忌，取下湿婆顶饰月牙；

那些美女腹部有三道迷人的皱褶，那是

因为梵天在创造妇女时，手指出现抖动。(11)

然后，你可以前往南方的顶饰甘吉城，

那里的游戏厅甚至令天国的城市蒙羞；

爱神手中持弓，备有五支花箭，犹如

卫兵站岗，让城中居民夜晚享受欢乐。(12)

妇女们在水中戏耍，好奇又兴奋，

丝绸外衣滑落，袒露黝黑的胸脯，

水浪仿佛女友伸手，用大量水沫

覆盖她们的胸脯，替代丝绸外衣。(13)

风儿啊，即使你对欢爱冷漠厌倦，

也难以迅速摆脱这些朱罗族美女，

她们的头发涂有靛蓝染料，脸颊

抹有檀香膏，有谁能不为之倾倒？(14)

---

① 高利女神（gauri）即湿婆的妻子波哩婆提（pārvatī）。

你离开甘吉城,来到迦吠利河,成群

鸟儿鸣叫,放荡的妇女在河边凉亭中

寻欢作乐,河水比美女的拥抱更舒服,

比月光更纯洁,比求乞者思想更谦恭。(15)

这条河天然优美似恒河,盖拉罗妇女

在水中嬉戏,胸脯檀香膏使河水变白,

她欣赏大海惴惴不安,害怕她会说错

自己名字,拜倒在她的脚下表白爱情。①(16)

她像是一条喜爱调情的河,如果那些

南方少女在她的齐腰深的河水中嬉戏,

便会掀起波浪,冲去她们胸前的花环,

而为她们戴上洁白似素馨的水珠项链。(17)

你会看到岩石乌黑的摩利耶凡山仿佛

矗立在你面前,犹如大地母亲的发髻,

山坡上流淌的那些溪水,至今仍令人

---

① 这里意谓大海钟爱这条河,害怕她另有心上人,而在无意中说错他的
名字。

想起满怀离愁的罗摩流下悲伤的泪水。①（18）

你会到达曼吒迦尔尼的湖泊，湖名五天女，
因为是她们在这里解除天王因陀罗的焦虑，
四周围绕沙拉罗树，至今回响天女们甜美
歌声，仿佛召唤昔日相亲相爱的鹿群前来。②（19）

你一路前行，满怀喜悦，到处可以看见
花园，里面布满可爱的无忧树和槟榔树，
还能看到池塘和棚屋，旅行者穿梭来往，
渴望获得胸脯丰满挺拔的部落妇女青睐。（20）

离开安达罗国和当地妇女沐浴的那条
戈达瓦利河，来到羯陵伽国那伽利城，
欢喜宫中那些妇女欢爱之后闭上眼睛，
你就从窗户进入，驱除她们的疲倦吧！（21）

---

① 这里讲述罗摩已经与猴王须羯哩婆结盟，住在摩利耶凡山，但尚未完成诛灭魔王罗波那的任务，仍然沉浸在与妻子悉多分离的痛苦中。

② 曼吒迦尔尼（māṇḍakarṇi）是一位大仙人，曾在湖边修炼严酷的苦行，天王因陀罗派遣五个天女前去诱惑他，从此，那个湖泊得名五天女（pañcāpasara）。

你可以前往波浪翻滚的大海,海边有许多
台阶,还有许多结满果子而低垂的槟榔树,
到处能听到悉陀妇女①吟唱悦耳动听的歌曲,
你也应该发出音调柔软的风声,回应她们。(22)

你可以前往文底耶山坡,那些天女
在蔓藤凉亭中寻欢作乐,呼出热气;
你还能够看到那些猎人的纯朴妻子,
听到疯象吼叫,吓得眼珠左右乱转。(23)

你可以在围绕文底耶山腰的森林中随意
游荡消遣,那些高耸的树顶上布满鸟儿,
毗罗部落妇女听到密林中大象疯狂吼叫,
急忙伸出蔓藤般的双臂,搂住丈夫脖子。(24)

你经过墨绿似小鹦鹉的竹林,到达雷瓦河,
那些喜爱游戏的舍钵罗妇女浇洒河岸凉亭;
附近那些舍钵罗青年认为那些成熟大胆的
妇女时不时故意发脾气,会妨碍纵情欢爱。(25)

---

① 悉陀妇女指半神悉陀(siddha)的妻女。

如果你的目光回避欢爱中的盖拉罗妇女，

你可以前往世界闻名的那座迅行王城市，

那里庭院里的那伽蔓藤紧紧拥抱槟榔树，

教导情郎们怎么样拥抱自己心爱的少女。（26）

苏赫摩国布满洁白宫殿，附近恒河

波浪翻滚，见到你来临会惊讶不已；

那里国王的后宫妇女以细长柔软的

棕榈叶作为耳饰，犹如一道道月光。（27）

塞纳王在苏赫摩国为毗湿奴建立神殿，

毗湿奴和吉祥女神一起住在那里游乐，

而神殿周围有许多妇女具有天然姿色，

经常手持玩具莲花，让女神忧心忡忡。①（28）

你越过财神山和许多洁白的宫殿后，

会看到以月牙为顶饰的湿婆的城市，

那里的妇女会在情人的胸脯上留下

指甲印，象征大神湿婆的月牙顶饰。（29）

---

① "手持莲花"是吉祥女神的象征。

你在天国恒河岸边敬拜罗怙族祖先太阳后，①
前去敬拜与雪山女儿共享身体的湿婆大神；②
那些妇女眉毛优美似蔓藤，心中充满爱欲，
趾高气扬，而一旦见到湿婆，骄傲便消失。(30)

你应该访问天国恒河的一个地方，
那里因波拉罗王开辟通道而著名，
人们由此得以登上天国恒河沐浴，
在那里会感到离天国城市格外近。(31)

然后你徜徉恒河，波浪手中握着
泡沫镜子，河边布满骄傲的天鹅；
当她倾心爱恋的大海转身离开时，
她仿佛抬起身子，抓住他的头发。(32)

然后应该敬拜那个净化世界的圣地，
太阳之女阎牟那河在这里离开恒河，
苏赫摩国妇女们在这里河水中嬉戏，

---

① 罗怙族(raghukula)属于太阳族，以太阳神为祖先。
② "雪山女儿"即波哩婆提。按印度神话，湿婆让妻子波哩婆提占据自己
的半个身体。

脱落的麝香膏使阎牟那河变得更黑。①（33）

看到妇女扭动身子从恒河中起身，
你说不必担心是蜕皮的黑色雌蛇！
在这个世界上，人人都会害怕蛇，
而怎么唯独你会这样，毫不害怕？②（34）

你使用恒河的波浪手，猛然间
脱去在水中嬉戏的妇女丝绸衣，
她们见到自己情人瞪视而慌乱，
立即以温柔的微笑替代丝绸衣。（35）

若看到那位征服世界的国王的
首都胜利城，你应该前往那里；
从恒河扬起的风与你一样机敏，
后宫妇女欢爱后立即按摩身体。（36）

在宫殿顶楼里的那些雕像之间，

---

①　阎牟那河是太阳的女儿。阎牟那河河水呈现黑色，恒河河水呈现白色。这两条河流的交汇处是著名的圣地。
②　前面第7首诗中提到蛇经常吞饮风。

天真纯朴的少女玩捉迷藏游戏，
她们的情人一旦触摸到她们的
莲花茎手镯，顿时会汗毛竖起。（37）

城市妇女在庭院中种植槟榔树，
树坑周围镶嵌可爱的月亮宝石，
在夜间自动渗出水珠浇灌树根，
不需要侍女们来这里用手浇水。（38）

这里受国王保护，毗邻恒河而纯洁，
城市居民无须担心今生和来世幸福，
却很害怕那些少女与情人怄气吵架，
她们竖眉发怒的脸庞既可爱又可怕。（39）

那里的妇女取下装饰耳朵的棕榈叶①，
洒上沾有眼膏的泪珠，系上因离愁
烧灼干枯的莲花茎手镯，印上嘴唇
朱砂印记，便成为给心上人的情书。（40）

———————————————

① 棕榈叶是印度古代常用的书写材料，也就是汉译佛经中所说的贝叶。

那些妇女与丈夫纵情欢爱后，

为了驱除丈夫身上淋漓汗珠，

不顾疲倦，伸手抓取从窗棂

透入的月光，误以为是拂尘。（41）

那些美女胸脯上涂抹番红香膏，

酷爱荡秋千，在浅水池塘嬉戏，

佩戴茉莉花环，夜晚月光温柔，

给这里的青年人带来无穷乐趣。（42）

城中妇女在黑夜前去会见情人，

脚上的红颜料虽然滴淌在路面，

而夜晚结束时，朝阳光芒火红

如同无忧花，掩盖她们的足迹。（43）

宝石、珍珠、翡翠和蓝莲花，还有

贝壳和珊瑚，用于城中少女的手镯，

那是因为以前投山仙人喝干了海水，①

吉祥女神取走海中贮藏的所有珍宝。（44）

---

① 按印度神话，投山仙人曾经喝干大海水，让众天神消灭藏入大海的阿修罗。

那些少女胸脯涂抹麝香膏，
佩戴静默无声的翡翠项链，
心中柔情点燃爱火，甚至
在漆黑深夜去与情人幽会。（45）

有些妇女怄气而发誓保持冷淡，
而一旦情人拜倒在她们的脚下，
泪水仿佛突然间洗净她们的心，
带着黑眼膏从眼睛中汩汩流出。（46）

看到美男子出现在少女们面前，
爱神失去力量，甚至站立不住，
这算什么？这些少女挤眉弄眼，
卖弄风骚，让美男子成为奴仆。（47）

你是爱神的导师，在那里会看到
那些鹿眼女郎荡秋千，技艺高超，
她们仿佛成为爱神的军队，正在
练习乘飞车，准备前去征服天女。（48）

那里白天结束时，宫殿里点燃黑沉香，

烟雾逸出窗户,黑似饱含雨水的乌云,
那些妇女渴望游戏而登上宫殿,因而
仿佛是她们的月亮脸光芒驱散的黑暗。(49)

深更半夜,在宫殿顶楼游戏厅中,
男女情人间的甜言蜜语已经停息,
怄气争吵中,白莲花环成为武器,
月亮停在附近,用月光劝阻他们。(50)

在随心所欲的互相爱抚中,美女的
耳环受到碰击,优美的盖多吉嫩叶
从摇晃的耳环坠落,在情人的眼中,
仿佛是从美女月亮脸上坠落的月牙。(51)

话语甜蜜似甘露,伴随挤眉弄眼,
双手的摆放优雅,柔情千姿百态,
步履欢快自然,这些是城中妇女
与生俱来而容易获得的装饰打扮。(52)

然后,你进入大地之主的优美王宫,
有七重围墙,犹如整个世界的缩影,

乌云停留在那些伴有尖顶的宫殿上，
接连不断的闪电犹如胜利旗帜飘扬。（53）

里面的水池仿佛点缀蓝宝石碎片，
如同大地美女腹部迷人的汗毛线，
美女们在池边散步，而那些天鹅
仿佛是指导她们优美步履的教师。（54）

这位国王犹如爱神化身，已经灌顶登位，
在那些侍女挥动拂尘时，你要从旁协助；
他在战斗中挥动利剑，沾满敌人的鲜血，
同时让敌人家族中的妻子眼睛流淌泪水。（55）

天女们曾经热切地观看他与敌人
展开无比激烈的战斗，如痴如醉，
以致没有察觉外衣滑落，而战马
扬起的尘土迅速掩盖她们的胸脯。（56）

敌人城市妇女纷纷出逃，又扭转脖子，
莲花脸紧贴莲花茎秆手臂，向后观看，
斜视的目光犹如一长串莲花，既害怕，

又好奇,说道:"他就是塞纳族国王!"(57)

鸟儿们鸣叫仿佛敌人城市在哀泣,

她仿佛思念游戏厅中心上人画像,

宫殿中那些长势茂盛的杜尔婆草,

仿佛是她无心梳妆而披散的头发。①(58)

那位妇女怄气,用柔嫩的脚踢自己丈夫,

即使引起丈夫汗毛竖起,她也感到心疼,

敌人城中的鹦鹉哀叹道:"你们怎么能在

山林中游荡?那里布满锋利的达婆草尖!"(59)

风儿啊,如果在白天第三时辰②,

国王独自在思考某些重要事情,

这时你不便为我向他传递信息,

因为这绝不是谈情说爱的时间。(60)

一旦发现合适的时机,风儿啊!

---

① 这首诗将敌人的城市拟人化。

② "时辰"(yāma)是时间单位,古代印度的一个时辰是三个小时。白天
第三个时辰指中午十二点至下午三点。

你应该谦恭地走近可爱的国王；

抓住合适的时机为他人办事情，

容易获得成功，何况面对国王？（61）

檀香山上居住着健达缚族，其中一位

尊贵的健达缚少女名叫古婆罗耶婆蒂，

你要知道我是摩罗耶山风，她的使者，

担负着让一对有情人结成姻缘的使命。①（62）

王上啊，你打败南方的那些国王，

从摩罗耶山返回，取走了她的心；

看到心上人远离而去，她的眼睛

顿时涌满泪水，看不清你的身影。（63）

她踮起脚尖站着，眼中充满渴望，

仰起脖子，凝视着你离去的方向，

这位妙腰女就这样经常站在宫顶，

含着泪水瞭望，期盼到达你身边。（64）

---

① 从这一首诗开始，是风儿作为健达缚少女的使者向国王传话。

你让所有妇女感到大饱眼福，

因而这位鹿眼女郎一见到你，

从此心中充满烦恼，对其他

任何可爱事物一概失去兴趣。（65）

创造主创造某物，有时在中间部分握拳，

我想创造主要让这位少女成为爱神的弓，

王上啊，这位妙腰女忍受着离愁的折磨，

天哪，她现在简直已经消瘦成弓弦模样！（66）

幸运的人啊，女友们一再追问她：

"你神思恍惚，你的心上人是谁？"

而她发出深长的叹息，强忍眼泪，

目光投向室内墙壁上的爱神画像。（67）

她会将耳饰上坠落的棕榈叶

误以为是你发送给她的情书，

她一再向鹦鹉打听你的消息，

陷入迷狂，怎么会理智清醒？（68）

她对莲花生气，不在意头顶花冠，

不再在蔓藤般的手臂上佩戴花环，
她也不愿意女友们伸手抚摸她的
烦恼灼热的心口，赶紧闭上眼睛。（69）

她躺在鲜花绽放的天国树下，
却像泥淖中的小鱼翻滚不停，
莲花眼中泪水连绵不断流淌，
我认为这个少女在苦熬日子。（70）

这个少女思念你，内心焦灼，无论霜雪或
檀香液都不能为她止热，她埋怨指责爱神；
你与爱神如此相像，即使正常的少女也会
神魂颠倒，更何况她满怀离愁，相思病重？（71）

在与你分离期间，她不愿意住在游戏林，
拒绝女友为她涂抹檀香液，也反对女友
用湿润清凉的荷叶为她扇风，然而这些
是女友们为她解除发烧昏迷的仅有办法。（72）

她憎恨月亮，不梳理头发，
她抛开项链，厌弃檀香液，

王上啊,她天天苦苦思索,
想要写诗,向你倾诉衷肠。(73)

在与你分离期间,她的泪水总是
首先离开眼睛,然后沾在睫毛上,
进而亲吻双颊,吸吮频婆果嘴唇①,
紧搂脖子,最后滚落躺卧胸脯上。(74)

在与你分离期间,尽管深长的叹息
扇旺心中的情火,却没有焚毁身体,
我认为这是因为她的眼睛成了水泉,
王上啊,或者你是她心中的清凉剂。(75)

夜晚消逝,她半闭眼睛梦见你,
激情迸发,紧紧拥抱自己身体,
随后她醒来,看见女友们的脸,
羞愧难当,急忙扭头转过脸去。(76)

尽管那里花园优美胜过月亮,她却

_____

① 频婆果(bimba)是一种果子,成熟时色泽鲜红,在梵语文学中常用于
比喻少女的嘴唇。

厌弃而远离,也不与任何女友交谈,
为了躲避爱神的箭,她独自在胸前
紧抱画板,上面画有你的可爱画像。(77)

眼睛偶尔瞥见月亮,顿时潸然泪下,
想要嗅闻波古罗花,顿时长吁短叹,
听到蜜蜂嘤嘤嗡嗡,顿时头脑昏晕,
看到她这种状态,有谁不怜悯同情?(78)

她满怀离愁,心情凄苦而冷漠,
迁怒爱神,却又常常深感自卑,
这个可怜而又奇特的少女仿佛
就这样支撑自己,一心爱恋你。(79)

与女友们的愉快交谈不复存在,
王上啊,与你结合也希望渺茫,
神志不清而暂时忘却离愁烦恼,
成为得以延续生命的唯一保障。(80)

月光不能接触她用手遮盖的脸颊,
而接触她的胸脯时,也受到她的

泪水洗刷,可是你始终牢牢占据

她的心,月光仿佛成为你的华盖。(81)

她好不容易熬过冬季,春季来临,

雌杜鹃开始欢快鸣叫,她得不到

从你身边吹来的风①,幸运的人啊!

你说说有什么办法救护她的生命?(82)

她的心一再忍受爱情之火烧灼,

那双莲花眼始终浸泡在泪水中,

满怀离愁别恨,脸颊憔悴苍白,

如同苦行者涂抹在身上的灰烬。(83)

王上啊,你是世上所有妇女的仰慕者!

纵然这媚眼少女的愿望之线难以变成

婚姻之线,比这更为不幸的是,梦境

使者睡眠甚至一刻也不走近她的眼睑。(84)

她的身上即使涂抹檀香膏,叹息

---

① 这里意谓春季吹拂的是南风,而非北风。

依然从胸脯产生，扇旺爱情之火，

任意烧灼折磨她的焦虑不安的心，

而摩罗耶山风也成为叹息的同伙。① （85）

她平时喜爱回忆和品味你的可爱脸庞，

因此，受到月光折磨，她会蔑视月亮，

同样，一想到你，她也会蔑视双马童，②

美男子啊，生命垂危的女子变成这样。（86）

这个黑眼珠少女心情烦躁，不愿意

佩戴金耳饰，让耳朵保持原本状态，

看到她的身体已经衰弱到这个地步，

爱神也为她担忧，而放松他的弓弦。③ （87）

出生以来的好友檀香膏已经惹恼她，

因此，她不再进入摩罗耶山脚树林，④

---

① 这里意谓摩罗耶山风也扇旺爱情之火。

② "双马童"的原词是 tridaśabhiṣajau（天国神医），也就是双马童（aśvinau），这是一对兄弟，以美貌著称。这首诗描写在这个少女心目中，这位国王的容貌胜过月亮和双马童。

③ 前面第 66 首诗中，已将这个少女比喻为爱神的弓和弓弦。

④ 这里意谓檀香膏出自摩罗耶山林，故而她现在生气，不进入那里。

同样由于怨恨爱神，这个瘦削少女

心中也不为罗蒂①留下任何活动空间。(88)

身上涂抹檀香膏，坐在明亮月光下，

她强忍住泪水，目光投向可爱花园，

思绪混乱不堪，突然冲向前面水池，

女子满怀离愁，行为怎么会不冲动？(89)

她现在剩下一口生命气息，即使已经

到达喉咙口，仍然没有舍得离她而去，

在这世上如果有谁拥抱过这样的女子，

即使她已不留恋他，他也不会抛弃她。(90)

这个鹿眼少女相思病重，奄奄一息，

体内的灼热减退，眼中泪水也断绝，

身体日益消瘦，四肢乏力而不动弹，

频频叹息，已经完全失去宁静快乐。(91)

花园里雌杜鹃发出的甜美鸣叫折磨她，

---

① 罗蒂(rati)是爱神的妻子，rati 这个词也读作欢爱或欢乐。

从窗户吹入的摩罗耶山风也令她窒息，

而她的目光始终保持凝固不动，确实，

三界中有什么能抚慰相思病重的少女？（92）

尽管她具有神通力，能前往任何地方，①

但害怕遭到拒绝，不敢贸然前来见你，

因为国王即使充满柔情，也害怕爱情

强烈的女子，妨碍他亲近其他的女性。（93）

她的肢体遭受炽烈的爱情之火烧灼，

胸脯上涂抹的檀香膏顷刻之间干枯，

还用多说什么？这莲花眼少女已经

走投无路，唯有嫁给你能救她一命。②（94）

你说完这些话，这位大地上的爱神

会汗毛竖起，满怀敬意起身拥抱你，

饱含深情的话语甚至会让石头变软，

何况这位可爱的国王天生温柔多情？（95）

---

① 健达缚属于半神类，因此也具有神通力。

② 从前面第 62 首诗至这一首诗是健达缚少女请求风儿向国王传达的话。

风儿啊，这时你要谦恭地双手合掌，

举到额头前，再次悄悄转达我的话；

他会专心倾听，因为对于多情男子，

多情女子的话语听来犹如甘露波浪。（96）

"王上啊，你在所有各地展现形体，

你显然是手中持弓的大神毗湿奴，

因为除了毗湿奴，谁能到处显身？

我虔诚崇拜你，为何你不宠爱我？①（97）

"当初我在宫殿顶上，许多女友也在场，

你看见了我，而我半闭眼睛说不出话；

你聪明睿智，既然看中我，肯定不会

抛弃我，让我在世上遭受善人们指责。（98）

"肯定是湿婆在与波哩婆提牵手成婚时，

他满怀喜悦，创造了你这位新的爱神，

纵然那个美妙爱情插曲已经远离而去，

---

① 这里将这位国王比作毗湿奴，暗示毗湿奴的化身黑天早年生活在牧人
家中，他能依靠幻化的身体同时与许多牧女玩乐；也暗示这个少女表
示自己能与国王的其他嫔妃和睦相处。

王上啊,我凭什么功德能来到你身边?(99)

"我希望王上将我的信息铭记在心。

其实,我又何必这样费心恳求你?

像你这样一心为他人谋福的国王,

怎能忍受可怜少女终日哀叹落泪?"(100)

诗王陀依蒙受高达王赏赐

象群、金棍杖和金柄拂尘,

为取悦知音创作了这首诗,

犹如语言女神诵出的神咒。① (101)

愿我常与诗人聚会,诗歌具有维达巴

风格②,住在恒河边,与朋友有福共享,

热爱善人,成为国王集会上诗歌大师,

而且在下一生,依然虔诚崇拜毗湿奴! (102)

只要湿婆与波哩婆提共享身体,

---

① 从这首诗开始,是诗人陀依自述。

② 梵语诗学家檀丁在《诗镜》指出维达巴风格是一种语言清晰而柔美的
风格。

只要爱神手持无往不胜的花箭，

迦昙波树目睹黑天的爱情游戏，

诗王的诗歌就会展现语言光辉。（103）

我已经创作许多甘露般的语言作品，

赢得国王赞赏，在学者集会上扬名，

我现在要前往恒河岸边某处山脚下，

以便专心致志诵读经典，度过光阴。（104）

天鹅使
TIAN E SHI

身穿丝绸衣，闪耀姜黄色光辉，
莲花脚的脚跟闪耀月季花光辉，
肤色黑似多摩罗树，面带微笑，
愿这位至福者活跃在我的心中。①（1）

牧女们心中的爱神黑天跟随甘蒂尼
之子离开南陀的家，前往摩突罗城，
罗陀满怀离愁，仿佛遭遇狂风暴雨，
跌入痛苦之水深不见底的忧愁之河。②（2）

罗陀焦虑不安，有一天与女友们一起
前往阎牟那河，想要浇灭心中的愁火；

---

① 这首诗是作品开头的颂神诗，赞颂黑天。
② 黑天是毗湿奴的化身，下凡降生在雅度族婆苏提婆（vasudeva）家中。
而婆苏提婆的堂兄刚沙是摩突罗城的暴君，企图杀死黑天。故而，婆
苏提婆将黑天寄养在牧人南陀家中。黑天长大后，最终杀死暴君刚
沙。南陀是黑天的养父，因此黑天在青少年时代，成为牧童，与牧女们
相亲相爱。罗陀（rādhā）则是黑天最钟爱的牧女。这里提到的甘蒂尼
（gāndinī）是迦尸王的女儿。"甘蒂尼之子"即阿迦卢罗（akrūra）。他
是黑天的叔父，雅度族军队统帅。

在那里见到久已熟识的茅屋后,她的
女友躺下入睡,全然没有留心照看她。(3)

这时,罗陀突然间昏倒在地不动弹,
女友们簇拥在沾满尘土的罗陀身边,
忧心忡忡,唯恐亲爱女友遭逢不幸,
泪如雨下,加深身旁的阎牟那河水。(4)

然后,罗丽达把她抱在自己的怀中,
用沾有阎牟那河水的荷叶为她扇风,
她开始恢复微弱的呼吸,脖子转动,
女友们见状兴高采烈,发出欢呼声。(5)

于是,罗丽达把罗陀安放在用荷叶
堆起的床上,自己转身举步去取水,
望见前面阎牟那河边飞来一只天鹅,
迈着摇摆的步姿,发出甜美的鸣叫。(6)

罗丽达看到这只天鹅,心情稍许轻松,
谦恭地向它表示欢迎,快步走向前去,
此时她骤然产生这个想法:这只天鹅

多么可爱，是向黑天传信的最佳使者。（7）

她不能克制爱情嫉妒心，迅速开始
向这只天鹅倾诉自己对黑天的渴望。
在这种情境，向鸟禽求助并非过失，
为了获得黑天爱情，无所不可托付。（8）

你经常居住在纯净清澈的水域，
携带莲花芳香，自身洁白无瑕，
我苦恼无助，前来请求你庇护，
向贤者求告，愿望怎么会落空？① （9）

黑天愉快住在摩突罗城，我们
被他忘却，心中燃烧离愁之火，
请你听取我发自内心的这些话，
迅速把它们传送到黑天的耳中！（10）

祝你一路顺风，吉祥平安！请你
立即动身，怀着喜悦和怜悯心情，

---

① 从这首诗开始，是罗丽达委托天鹅向黑天传信。

在低空中快速飞行,让那些少年

牧童昂首仰望你,好奇而又惊喜。(11)

那个心肠坚硬的阿迦卢罗迅速

带走了这位世上最优秀的青年,

牧女们的生命之主,你就沿着

那条宽广的路,前往摩突罗城。(12)

雌天鹅们心中的爱神啊,你肯定

认识那条路,那些鹿眼少女一心

渴望接触敬拜黑天的那双莲花脚,

忍受着爱情痛苦折磨,泪流满面。(13)

你可以饮用黑似瞻部果而又甜美的

阎牟那河水,享用柔嫩的莲花茎秆,

在枝叶茂密的树顶上稍许停留片刻,

然后,朋友啊,你就飞往苾湿尼①城。(14)

你首先沿着当初牧女们哭喊着

追随黑天乘坐的阿迦卢罗车辆

---

① 苾湿尼(vṛṣṇi)是雅度族的祖先。

向前奔走的那段路飞行，但愿
你一路上闪耀至高天鹅^①的光辉！（15）

你感到疲倦时，可以在迦昙波树上
栖息，茂密枝叶遮蔽太阳，天鹅啊！
我们以前正是藏在这里，春情荡漾，
黑天会爬上树来，剥夺我们的衣裳。（16）

肢体黝黑似多摩罗树，头顶上装饰
一束孔雀翎毛，身穿金光闪闪衣裳，
美的光艳照亮四方，他的嘴唇亲吻
长笛，展喉诵唱最美妙动听的歌曲。（17）

牧女们围圈，与黑天一起疯狂跳舞，
场地黑似从她们苗条肢体上掉落的
麝香粉，兴奋激动中撞断蔓藤枝条，
看到这样的场景，你也会感到高兴。（18）

路过黑天欢庆爱神节日的庭院，
你务必不要投射目光仔细观看！

---

① "至高天鹅"（paramahaṃsa）通常用作对最优秀苦行仙人的称呼。

否则你会惊喜陶醉,忘却自己
身负使命,而让牧女深感伤心。(19)

但是,尽管会延搁我的目的,
你还是应该观赏黑天游乐地,
因为如果不与黑天心心相印,
朋友啊,怎能称为有德之士?(20)

看到牛增山也会让你感到高兴,
这座山是牛群的亲友,曾目睹
牧女们聚集在蔓藤凉亭中聆听
黑天吹奏笛子,进行爱情游戏。(21)

我们猜想它是大地上最优秀的山峰,
它喜欢接触黑天具有转轮相的手掌,
因为是黑天战胜它的亲友们的敌人,
它也由此而在这大地上得名牛增山。①(22)

---

① 按黑天神话传说,黑天曾说服南陀不必祭供因陀罗,而应该祭供这座
山,因为是这座山养育牛群,而非因陀罗。为此,因陀罗大怒,降下大
暴雨,企图淹没山上的牧民和牛群。而黑天一连七天,单手托起这座
山,庇护牧民和牛群躲过灭顶之灾。"牛增山"的原词是 govardhana,
词义为牛群繁殖增长。

山区部落的多情女子看到多摩罗树，

就会热切思念黑天，由此身体发热，

你路过那里时，应该利用你的翅膀，

扇动阎牟那河的湿风，为她们止热。（23）

山脚附近有一座迦昙波树园林，

那是黑天施展身手的爱情战场，

如果你在那里栖息时无动于衷，

那么，枉费你的品尝情味①能力。（24）

你会在沃林达森林附近看到阿修罗

阿利湿吒干枯的头颅②，白净似秋云，

因此财神的侍从们从远处来到这里，

踩在上面，误以为登上盖拉瑟山峰。（25）

在沃林达森林里一些丰臀美女已经

生命垂危，朋友啊，你要发出鸣叫，

她们仿佛听到了黑天的脚镯叮当声，

---

① “品尝情味”的原词是 rasaniveśa，也读作潜水。

② 按黑天神话传说，在黑天童年时代，阿修罗阿利湿吒（ariṣṭa）曾经化作凶猛的公牛，企图撞死童年黑天，而被黑天杀死。

正在离去的生命气息便会立即返回。(26)

你可以在无花果树栖息片刻,即使它黑似

乌云,有阳光透入树枝,会让你感到高兴,

有你陪伴,它仿佛成为手持螺号和飞盘的

毗湿奴,便渴望增长躯体,覆盖整个天空。①(27)

你也可以拜访著名的梵天诵唱赞歌的神殿,

里面的柱子沾有梵天八只眼睛的慈爱泪水,

你离开那里的时候,森林女神自然会认为

你是梵天心爱的坐骑,已经进入这座神殿。②(28)

在黑天纵身跳入阎牟那河时,

牧女们情绪激动,同时冲向

阎牟那河,脚步慌乱而错位,

一路上洒落泪水,苦不堪言。(29)

---

① 螺号和飞盘是毗湿奴的标志物,这里将天鹅比作螺号,将太阳比作飞盘。"增长躯体"暗示毗湿奴曾经化身侏儒,向夺得三界统治权的阿修罗魔王钵利乞求三步之地。得到钵利允诺后,毗湿奴变成巨人,第一步跨越天国,第二步跨越大地,第三步把钵利踩入地下世界。

② 按印度神话,梵天长有四张脸,因而有八只眼睛。他以天鹅为坐骑。

而黑天站在毒蛇迦利耶顶冠上，

欢快跳舞，展现自己强大威力，

蛇冠上的珍珠纷纷坠落，这里

河水芳香而甜蜜，你可以饮用。①（30）

沃林达森林女神也为黑天离去而忧愁，

仿佛森林大火烧灼她的身体，也同情

牧女们的爱情烦恼，目睹盛开的鲜花，

更添忧伤，你应该向她致以最高敬意。（31）

在经过充满孔雀鸣叫声的十一座森林后，

前往第十二座长满芒果树的摩突罗森林，

雅度族国土的都城就耸立在这座森林中，

它的洁白名声如洪流，洗白周围的大地。（32）

布满高耸的住宅，犹如盖拉瑟山的后裔，

成排的金柱子闪闪发光，花园鲜花绽放，

位于阎牟那河边，纯净甜美的水源充足，

① 以上两首诗描述毒蛇迦利耶（kāliya）曾经盘踞阎牟那河，以致河水被
　毒化而不能饮用。于是，黑天跳入阎牟那河，征服这条毒蛇，把它赶往
　大海。

朋友啊，这座摩突罗城会给你带来喜悦。（33）

湿婆的公牛在这里的一处吞食嫩草，

梵天的天鹅在另一处吞食莲花茎秆，

还有，室建陀①的孔雀在某处吞食蛇，

因陀罗的大象吞食舍罗吉树的嫩芽。（34）

"你没有发觉披巾已经从身上滑落？

也没有发觉项链的珍珠散落在地？

嗨，你一心想念黑天，失魂落魄，

那些婢女正在嘲笑你这名门淑女！"（35）

而这个女子摆动没有涂抹红颜料的右脚，

说道："我正要出门，你这傻丫头，住嘴！

我听到外面传来妇女的喧闹声，女友啊！

猜想沃林达森林的爱神已经出现在屋前。"（36）

"这是战胜刚沙的黑天，以无忧花为顶饰，

他出现在街道，沐浴在妇女斜睨的目光中，

---

① 室建陀（skanda）是湿婆的儿子，天兵统帅。

为什么你要把我们从这里宝石阳台上支开，
而你独自霸占这一排窗口，目不转睛观看?"(37)

"你的目光茫然，独自陷入沉思，
女友叫唤你一百声，你也无回应，
莲花女郎啊，看来是那位优秀的
黑皮肤青年已经走出了你的视线。"(38)

"女友啊，不要这样羞羞答答，不停哭泣，
黑天会再次接受你满怀崇敬的斜睨目光!"
黑天最初在这座城市街道上随意散步时，
城里妇女正是这样满怀激情，议论纷纷。(39)

城里的妇女亲眼看到黑天的
月亮脸，心中涌起激情波浪，
这对于所有牧女是灭顶之灾，
朋友啊，却能让你大饱眼福。(40)

你经过一座座紧密相连的住宅，
逐渐来到这座城市中央的街道，
黑天的住宅耸立在空中飘扬的

旗帜下,给世界带来莫大喜悦。(41)

高耸的屋顶镶嵌有水晶,周围

装饰有许多红宝石雕刻的飞禽,

梵天来到这里,他的天鹅以为

它们是朋友,谦恭地前去侍奉。(42)

"他现在躲藏在阎牟那河边的密林中,

牧女们到处寻找很久也没有找到他,

朋友啊,他的微笑的脸庞辉映世界,

我还能见到这张我所熟悉的脸庞吗?"(43)

"罗陀啊,别悲伤! 你的朋友不会说谎,

他很快会回来,佩戴崭新的孔雀翎毛。"

一对鹦鹉这样劝慰罗陀,然后女友们

把它俩交给优达沃,向黑天传递信息。①(44)

从黑天的楼阁中飘逸出黑沉香烟雾,

愚蠢的天鹅以为是乌云,高唱赞歌,

---

① 优达沃(uddhava)是黑天的朋友。这里讲述此前牧女们曾经把一对学舌的鹦鹉交给优达沃,让他带去向黑天传递信息。

智者啊,你看到后,如果思念心湖,
这是你热爱水中生活,习惯成自然。①(45)

位于中间的那座住宅,黑天在这里
享受欢乐,那些窗户似绽放的花簇,
悬挂一串串珍珠,明亮的柱子矗立,
墙壁上有涂金文字,书写黑天事迹。(46)

门外回廊有翡翠柱子,孔雀在上面
栖息过夜,发出低沉温柔的鸣叫声,
你也可以在这样的翡翠柱子上栖息,
解除疲劳,等待着拜见黑天的机会。(47)

黑天躺在洁白柔软的丝绵床上,
这是三界中最吉祥富贵的标志,
身体稍许蜷曲,前面安置如同
圆月的枕头,舒服地安放双肘。(48)

黑天光辉吉祥犹如阎牟那河,

---

① 心湖位于盖拉瑟山顶,每年雨季,天鹅会汇聚这里。天鹅见到乌云降
临,便会发出欢叫声,思念心湖,这是习惯成自然。

脸颊两边晃动鳄鱼状的耳环①，

丝绸衣散发胜过金子的光辉，

他会如同甘露浇洒你的双眼。（49）

雅度族中最年长的维迦德卢坐在

黑天身边，让牧女们害怕的那个

阿迦卢罗站在前面，身体依靠在

宝石柱子上，讲述俱卢族的故事②。（50）

光辉的萨谛奇和成铠站在两边，③

摇晃一对拂尘，毗诃波提信徒④

优达沃双膝下跪在金子地面上，

专心致志按摩黑天那双莲花脚。（51）

金翅鸟王谦恭地俯首站在前面，

随时准备奉命出发，一旦扇动

---

① 鳄鱼也是爱神的标志之一。

② "俱卢族的故事"也就是婆罗多族大战的故事，即婆罗多族两支后裔俱卢族和般度族为争夺王权而展开大战。黑天在这场大战中，支持般度族，最终战胜俱卢族。

③ 萨谛奇（sātyaki）和成铠（kṛtavarman）都是雅度族勇士。

④ 优达沃崇拜天国导师毗诃波提，故而称他为毗诃波提信徒。

拍打翅膀，城里的婆罗门青年

立即停止关于吠陀曲调的争论。（52）

即使充满智慧的梵天也不能

描述黑天的小脚趾甲的优美，

而妇女常常怯弱而缺乏自信，

我却仍要大胆赞扬黑天美貌。（53）

梵天的顶髻接触黑天的优美脚趾，

惊讶这些脚趾夺走所有牧女的心；

那罗陀①看到这些脚趾，欣喜至极，

甚至为那些获得解脱者感到遗憾。（54）

那些莲花虽然羡慕黑天的双脚优美，

却恪守生活水中的誓愿，毫无激情，

因此我谦卑地赞颂冬季，鉴于它们

这种行为，每年都让它们失去生命。（55）

黑天的两条大腿优美可爱，灭除

---

① "那罗陀"的原词是devarṣi，词义为天国仙人，特指仙人那罗陀（nārada）。

如同由翡翠构成的芭蕉树的骄傲，

犹如系住春情勃发而流淌液汁的

疯象的柱子那样系住牧女们的心。(56)

朋友啊，黑天的肚脐如同深水池，

是牧女们的眼睛小鱼的生命源泉；

在创世之初长出莲花，从莲花的

深处诞生梵天，创造崭新的世界。①(57)

朋友啊，黑天腹部有三道紧密皱褶，

仿佛是耶输达系住他的绳索的印痕，②

耶输达曾经两次从他张开的嘴巴中

看见有天神、凡人和蛇活动的三界。③(58)

黑天宽阔的胸膛佩戴林中的花环，

刹那间激发苗条少女们心中爱情，

即使世上最珍贵的憍斯杜跋宝石④，

---

① 按印度神话，梵天诞生于毗湿奴肚脐中长出的莲花，然后创造世界。
② 耶输达(yaśodā)是牧人南陀的妻子，即黑天的养母。她在黑天童年时，用绳索系住他，不让他外出游荡。
③ 天神、凡人和蛇代表天国、大地和地下三个世界。
④ 憍斯杜跋宝石(kaustubha)是毗湿奴佩戴胸前的宝石。

灿烂似太阳,也仿佛成为萤火虫。(59)

黑天的双臂犹如闪光的宝石柱子,
佩戴优美的臂环,散发浓郁香气,
牧女们经常忍受爱情煎熬而疲惫,
他就伸展双臂紧紧拥抱她们脖子。(60)

黑天占有世上所有的美质,
他的脸庞蕴含甜蜜的情爱,
微笑如同甘露①洗白游戏屋,
两排牙齿犹如晶莹的珍珠。(61)

还用多说什么?我只要明白告诉你,
朋友啊,认出黑天的这个可靠方法:
一旦你的双眼遇见他,就欣喜至极,
便知道是黑天,鸣声甜蜜的天鹅啊!(62)

你也通晓雌天鹅的爱情艺术,如果
看到黑天已被城中妇女的媚态迷住,

---

① 此处"甘露"的原词是 sudhā,也读作石灰。因此,这句意谓黑天的微
　笑如同甘露充满或洗白游戏屋,也意谓如同石灰刷白游戏屋。

不打听我们这些牧女的消息，确实，

心中充满甘露，怎么还会渴望酥油？（63）

一旦杜鹃发出迷人的高声鸣叫，

便能引起对沃林达森林的回忆，

或者风儿吹送古咤遮树的花香，

你应该向黑天传达我们的信息。（64）

牧女们的心上人啊，以前你居住牧人村，

与牧女们相亲相爱，而最钟情一个少女①，

我是她的女友罗丽达，俯首拜倒在你的

光辉吉祥的莲花脚下，怀着喜悦告诉你：②（65）

从童年时代开始，你长期用莲花

嫩芽精心喂养的那一头棕红母牛，

现在已经生下了头胎牛犊，因此，

丰满的乳房增加它腿部的承重力。（66）

牧女们的心上人啊，正是你指定

---

① "一个少女"指罗陀。
② 从这首诗开始，是罗丽达委托天鹅向黑天传达的话语。

那株蔓藤与芒果树结为亲密伴侣，

现在长出三四嫩叶，流淌着液汁，

仿佛在哭泣，我们也跟随着哭泣。（67）

你是提婆吉①怀胎生下的儿子，

注定给牧人们带来无上喜悦。

湿婆大神啊！湿婆大神啊！②

这是戈古罗村落以往的故事。③（68）

黑天啊，你远离而去，牧女们

感受到不祥的征兆，面临灾难，

旋风刮起，所有院落充满恐惧，

牧人住地变得空虚而充满忧愁。④（69）

黑天啊，你现在确实不应该回来，

---

① 提婆吉（devakī）是婆苏提婆的妻子，即黑天的生母。

② 这里呼叫湿婆大神是用感叹词表达强烈感情。

③ 戈古罗村（gokula）是黑天的养父南陀所在的牧人村落。

④ 这首诗中含有双关语，"不祥的"原词是 ariṣṭa，即阿修罗阿利湿吒，参阅前面第 25 首诗的注释。"旋风"原词是 tṛṇāvarta，即阿修罗特里那婆尔多，他曾化作旋风，将童年黑天席卷空中，而黑天用双手掐住他的脖子，把他掐死，与他一起掉回地面。"空虚"原词是 vyoman，即阿修罗维由曼，他曾化作山羊，企图杀害黑天，而被黑天杀死。

因为沃林达森林的蔓藤已经毒化，

否则，牧女们怎么会嗅闻到风儿

吹来的花香，立即感到头脑昏晕？（70）

你怎么还能与我们交往？我们只是牧女，

而现在城里的那些公主拜倒在你的脚下。

以前你在我们院子凉亭里，黑暗中焦急

等待可爱的牧女，这样的日子已经逝去。（71）

主人啊，你抛弃我们有什么错？

杜鹃依靠乌鸦孵化和哺育长大，

而一旦翅膀长硬，就立刻飞离，

抛弃长久一起居住生活的乌鸦。①（72）

序幕就这样迅速展开，请你观赏

这部富有情味的戏剧！我先问你：

沃林达森林的主人啊，你是否还

记得这两个可怜的音节"罗陀"？（73）

---

① 按印度古代传说，杜鹃（kokila）在乌鸦巢中下卵，由乌鸦孵化和哺育小
杜鹃。因此，杜鹃有个常用的别名 parabhṛta，词义为由他人养育者。

你是那些凉亭和山洞主人，为何
现在人们在背后议论牧女们不幸？
聪明伶俐的罗陀拜倒在你的脚下，
也已经成为人们共同的日常话题。（74）

黑天啊，如果你确实已经忘却牧人村，
而死神又不肯迅速地表示怜悯和同情，
我的女友陷入这种令人不忍目睹境地，
怎么能度过森林花朵飘香的这些日子？（75）

黑天啊，她的泪水已经在牧人村落中
创造一条河，涌动的波浪胜过死神的
妹妹阎牟那河，①傲慢的死神显然对她
怀有敌意，因而不理睬她提出的诉求。（76）

黑天啊，我的女友最初从远处见到
你的不可言状的风采，从此失去了
利害得失的分辨力，如同飞蛾扑火，
她一次次奋不顾身扑向爱情的火焰。（77）

---

① 按印度神话，阎牟那河是死神阎摩的妹妹。

沃林达森林月亮啊,还用说什么?
这个犯傻的女子完全是自作自受,
痛苦的烈焰至今还在烧灼她的心,
而一丝一毫也没有延烧到你的心。(78)

天啊,那个驼背侍女确实很幸运,
获得自己的身体仿佛获得你的心,
现在快乐地生活着,①而我的女友
甚至连一瞬间也不能进入你的心。(79)

黑天啊,她听到笛声会跌倒在地,
老人们焦急地围在她身边议论道:
"她是鬼魅附身,还是被毒蛇咬了,
神志不清,怎么会无缘无故跌倒?"(80)

让世界所有人大饱眼福者啊!
现在你长时间住在摩突罗城,
她始终得不到你的任何信息,

---

① 按黑天神话传说,一天,黑天和兄长大力罗摩一起前往摩突罗城,路上遇见刚沙的驼背侍女,手里拿着供刚沙使用的檀香膏。她一见黑天,心中就充满爱意,把檀香膏送给黑天。黑天对她产生好感,为她矫正驼背,让她成为一个美女。

心底深处翻滚着痛苦的波浪。（81）

为了能见到你，她礼敬占卜师，

崇拜巫术师，谦恭侍奉药草师，

虔诚敬拜女神波哩婆提，确实，

绝望中不知究竟怎样获得幸福。（82）

黑天啊，我的女友为了获得你，崇拜

你为牲畜保护者、以金翅鸟为坐骑者、

进行毁灭爱神游戏者，你的光辉胜过

密集的乌云，经常在湿婆山观赏歌舞。[①]（83）

她以多摩罗树嫩芽液汁涂抹自己发热的

身体，画你的肖像，你的眉毛优美胜过

爱神的弓，她不禁伸出双臂拥抱你脖子，

转而，她的身躯麻木僵直，在地上翻滚。（84）

---

① 这首诗中，"牲畜保护者"既指湿婆，因为"兽主"是湿婆的称号之一，也指作为牧童的黑天。"以金翅鸟为坐骑者"指毗湿奴，黑天是他的化身。"进行毁灭爱神游戏者"指湿婆，也读作"激发爱情游戏者"，指黑天。"密集的乌云"的原词是 ghanasāra，也读作樟脑。"湿婆山"指湿婆经常居住的盖拉瑟山。

我的傻女友始终迷恋你，回忆你，
黑天啊，甚至会把自己想象成你，
因此离愁之火一刻不停在她心中
燃烧，已经到达不可挽救的地步。（85）

我亲爱的女友是妇女中的顶饰，
尽管已经被你抛弃，忧愁烦恼，
依然模仿你的姿态，心儿日益
脆弱，想象你同样心儿变脆弱。（86）

黑天啊，她现在知道你喜欢出现在
那些专心致志修习禅定的苦行者前，
想到苦行者经常见到你，她也修炼
严酷苦行，显然准备抛弃自己生命。（87）

"黑天啊，你闪耀阎牟那河中蓝莲花的光辉！
你是沃林达森林爱神！你是天神中的珍珠！
你是南陀的养子，给这里牧人们带来欢乐！"
她经常这样哭喊着，女友们听了悲痛心酸。（88）

我的女友全身燃烧由你引起的离愁之火，

又遭到如同猎人的爱神的花箭频频袭击，

身体日益消瘦，生命气息今天或明天就

可能离开她的身体，犹如鹿儿离开森林。（89）

湿婆在顶饰月牙照耀下，色泽如同乳海，

他只要睁开眼睛，就能战胜爱神，我的

女友衷心爱戴湿婆，爱神怎么能伤害她？

反倒是你，黑天啊，依然在苦苦折磨她。（90）

我们这些牧女即使努力想要理解，

也无法理解你为何如同迷人幻觉，

虽然优达沃曾经来这里宣讲至高

自我，却加倍增长我的女友痛苦。①（91）

毗诃波提信徒优达沃是雅度族大臣，

我们的好友阎牟那河是死神的妹妹，

或许在都城中有哪位能人，能向你

讲述我女友的处境，让你回心转意。（92）

---

① "至高自我"（adhyātman）或称至高原人，也就是梵，即世界的本原。
至高自我隐藏在瑜伽幻力中，创造宇宙万象。在毗湿奴教派中，黑天
被奉为至高自我或至高原人。

罗陀在家里面翻来滚去，充满忧愁，

已经变得麻木不仁，完全失去快乐，

女友们停止与她逗趣嬉闹，黑天啊！

让罗陀接触你的双脚，恢复快乐吧！

（白莲在森林中摇来晃去，长满嫩芽，

却始终没有接触花粉，完全失去香气，

蜜蜂们不再对它怀有兴趣，月亮啊，

让白莲接触你的光芒，恢复快乐吧！）①(93)

我的女友怀抱着与你团聚的幸福希望，

好不容易保护住自己的生命，而现在

她显然已经绝望，面临生命最后期限，

黑天啊，她的双眼凝视着芒果树嫩芽。② (94)

女友们竭尽全力救护这位莲花眼少女，

已经束手无策，看来爱神想要害死她，

唯有与你团聚的希望至今还没有放弃

我的女友，依然在努力保护她的生命。(95)

---

① 这首诗运用双关语，以白莲比喻罗陀，故而在这里译出这首诗的两种
读法。
② 按印度古代传说，相思的妇女凝视芒果树嫩芽，有致命危险。

牧女舞蹈鉴赏家啊,回想以前你掀起
一阵又一阵爱的波浪,涌向我的女友,
如果你现在不再关心她,甚至羞辱她,
而你安放在她鼻尖的丝线至今在摇晃。①（96）

黑天啊,她转动着眼睛,思绪万千,
世上有谁能描述? 我的这位可爱的
女友常常会向我倾诉,听我告诉你,
希望能进入你佩戴鳄鱼耳环的耳朵。（97）

"女友啊,黑天过去如此宠爱我,
以致我轻视和违反正法,天啊!
现在他却冷漠无情,让我羞愧
难当,一刻也不想活在这世上。（98）

"亲爱的女友,我不知怎样向他传信,
说'我爱你爱到极点',显得太轻狂,
说'我不想活下去了',显得太严重,
说'你怎么不来看我',显得太直露。（99）

---

① 这句意谓是黑天激发她怀抱希望,因此她至今还怀抱着一丝希望。

"过去那些凉亭带给我不可言状的快乐，
过去那些树丛也让我无数次感到喜悦。
而现在，你看！它们都增添我的烦恼。
确实，一旦失宠于主人，谁不会厌世？（100）

"他绽开的双眼充满甜蜜的柔情，
他吹奏的笛子曲调美妙而悠长，
曾经多少次吸引名门淑女破戒，
我含情的斜睨目光还能看到他吗？（101）

"女友啊，那些美好时光已经逝去！
我渴望游戏，故意躲藏在山洞里，
他找到我，拽拉我，我假装生气，
而他把我紧紧地搂抱在他的胸前。（102）

"等到秋天来临，蜜蜂嘤嘤嗡嗡，
皎洁的月光似波浪洗白这座森林，
我还能在故意怄气的爱情游戏中，
让他伸展双臂，紧紧地拥抱我吗？（103）

"我的心儿在燃烧，天啊，我怎么办？

我看不到这忧愁之海的彼岸在哪里，

女友啊，我俯首敬拜你，请你赶快

告诉我怎样才能得到哪怕片刻宁静。（104）

"如果他绝情抛弃我，离开我，也就

顺遂他的心意吧！我也只能循规蹈矩，

可是他又在我的梦中来到沃林达森林，

与我调情，哪个女子能够忍受这样啊？（105）

"他的这种不合适行为折磨我的心，

女友啊，你就去摩突罗城，劝阻

放浪的黑天不要再来到我的梦中，

神魂颠倒，扯下我的小铃铛腰带。（106）

"不用再说这些梦，你就听我讲述

我亲身经历的事吧！不要不相信我，

女友啊，他曾多次突然来到牛增山

丛林中，与我玩耍爱情吵架的游戏。（107）

"我生气而跑进密林，在慌乱中被绊倒，

脚镯铃铛声格外响亮，暴露我的踪迹，

他眉开眼笑，急于抓住我，以致没有
察觉他的笛子已从他的莲花手中滑落。(108)

"亲爱的女友，我再想跑开已不可能，
哭泣着，用许多开花蔓藤遮盖自己，
而他放声大笑，抱住我，用闪亮似
频婆果的嘴唇紧贴我的脸，亲吻我。(109)

"然后我把他的笛子藏在我的发髻中，
假装竖起眉毛发怒，转身缓步离开，
而他继续戏耍，伸手抓住我的头发，
发现我偷笛子，趁势把我带进山洞。(110)

"有一次，在蔓藤凉亭里，这个家伙
从背后紧紧抱住我，笑着伸手捂住
我的眼睛，我发怒想要扭他的指尖，
而他狡猾透顶，不知跑到哪里去了。(111)

"亲爱的女友，这些都已成往事，不再说了！
你看，他就站在面前！这位爱情游戏之海！
脸上闪耀甜蜜的微笑，向我扔来般杜迦花，

举起闪亮似柱子的双臂,显然想要拥抱我。(112)

"羞涩的女友啊,你赶快起身,用珍珠项链
捆住这个滑头,不要让他回到摩突罗城去。"
正是这样,这个少女对你的迷恋已经到达
痴呆地步,女友们不止一次为她伤心落泪。(113)

哎呀,我确实可恨! 正是我从童年时代
开始教会这个天性纯真的少女生气发怒,
牧女们的爱情导师啊,她现在即使渴望,
也不能享受你的柱子般的双臂热烈拥抱。(114)

树丛中凉亭散发阁牟那河莲花芳香,
她躺在你怀里,头发散发茉莉花香,
心醉神迷,眯缝着眼睛,我还能像
以前那样,用一束嫩叶为她扇风吗?(115)

在沃林达森林秋天夜晚的爱情游戏中,
蔓藤般双臂搭在你的双肩,满怀喜悦,
头发披散而花朵坠落,我还能像以前
那样躲在附近的凉亭里望着她发笑吗?(116)

"我要到远处去采集花朵,而你就去前面
河岸边,采集那里罗婆利蔓藤的花朵吧!"
牧女们的心上人啊,我还能像以前那样
知道你在等候,把她骗到那个凉亭去吗?① (117)

天鹅啊,你在光辉吉祥的黑天莲花脚前,
讲完他在牧人村落的故事后,应该逐一
问候他的侍从,虽然他们装饰黑天身体,
但是黑天并没有对他们表露深厚的爱意。② (118)

雌天鹅们的心上人啊,你首先满怀喜悦,
问候聚集有蜜蜂的花环,传达我的话语:
"贤女啊,你没有忘记那个鹿眼少女吧?
她以前经常依偎在黑天胸膛,与你做伴。(119)

"或许你还记得,在牛增山山坡上,
她发觉自己受骗而发怒,抓住你,
拉扯黑天,黑天的双眼惊恐转动,

---

① 从前面第 65 首诗至这一首诗,是罗丽达委托天鹅向黑天传达的话语。
② 这里是将装饰黑天身体那些标志物(即下面提到的花环、耳环、憍斯杜
跋宝石和螺号)拟人化。

他的顶冠上的孔雀翎毛纷纷坠落。"(120)

然后,你应该和颜悦色,对他的鳄鱼耳环

说道:"如果我向你问好,显得我傻里傻气,

因为你经常接触黑天斜视的目光,又经常

亲吻黑天的脸颊,故而你面露灿烂的微笑。(121)

"女神啊,想到你居住在他的优美耳朵上,

我心中满怀敬意和喜悦,前来求你庇护,

请你避开苾湿尼族①的其他人,以忧伤的

语调,悄悄向黑天耳中灌输罗陀的苦楚。"(122)

鸟禽魁首啊,你应该告诉憍斯杜跋宝石,

我怀着谦卑和爱意拥抱他,对他这样说:

"朋友啊,你高深莫测,甚至会忘却罗陀,

项链中最美宝石啊,这怎么会带来快乐?(123)

"众天神宠爱的宝石啊,你说黑天还会在

阎牟那河边演示他的奇妙的音乐技艺吗?

---

① 黑天所在的雅度族属于苾湿尼族。

跳着充满情味的舞蹈，伴随腰带、珠宝

手镯、脚镯和笛子声以及牧女们的歌声。"(124)

"螺号啊，虽然我与你新相识，你不熟悉

那些牧女，也全然不知罗陀的优美品质，

即使如此，我也请求你满足我心中愿望，

因为天性纯洁者肯定会同情遭逢不幸者。(125)

"朋友啊，你经常让大海感到满心欢喜！

请你让黑天高高兴兴来到沃林达森林。

哎呀，怎么可能让你喜欢牧人村落呢？

在那里，最美妙迷人的始终是笛子声。①"(126)

兄弟啊，你用亲切的话语依次抚慰

黑天的这些侍从，黑天本人也听到，

然后你要用可爱又夹带埋怨的话语，

称述黑天十次化身下凡的奇妙事迹：②(127)

"大鱼啊，我的女友正是为了捕获你，

_____

① 这里意谓在牧人村落，最美妙迷人的是笛子声，而非螺号声。
② 这里指毗湿奴大神的十次化身下凡，黑天本人也是毗湿奴化身之一。

以她的心为钓钩，爱情为钓饵，迅速

投入激情之海，而你吞下钓钩和钓饵，

却砍断钓线，她陷入绝望，能怎么办？① （128）

"这可怜少女看到你可爱迷人的身体，

怀着强烈的好奇心，来到你的身边，

而你却掩藏身体的柔软，展示坚硬，

这样岂不是更加适合你的海龟身体？② （129）

"你至今还保持野猪身体中的强烈爱情，

因为你宠爱赠送你檀香膏的那位侍女，

狂热地拥抱她，把她当作自己的情人，

犹如野猪狂热地拥抱喜爱泥沼的母猪。③ （130）

———————————

① 化身大鱼的事迹：洪水到来前，毗湿奴化身为大鱼，吩咐人类始祖摩奴准备好一条船，带着七位仙人躲到船上。然后，暴雨下了七天七夜，洪水淹没整个大地。这条大鱼用头上长出的角牵引这条船，游到雪山，将船系在顶峰上，直至洪水退去。

② 化身海龟的事迹：天神和阿修罗搅乳海时，毗湿奴化身为海龟，潜入海底，以龟背作为搅棒（即曼陀罗山）的底座。天神和阿修罗用一条巨蟒作为绳索缠在搅棒上，分别拽住头尾来回搅动，从乳海中搅出种种宝物。这首诗中的 paṅkapraṇayinī，既读作赠送檀香膏，也读作喜爱泥沼。关于那个侍女，参阅前面第79首诗的注释。

③ 化身野猪的事迹：阿修罗希罗尼亚刹在大地上四处作恶，又进入大海兴风作浪。水神伐楼那请求毗湿奴保护。毗湿奴化身野猪，出现在海边。希罗尼亚刹惊恐中拽住大地，拖进海底。而这头野猪潜入海底，杀死希罗尼亚刹，并用獠牙托出大地。

"你化身的人狮早已消失，而至今没有忘却

人狮行为，以前教导波罗赫拉德，热衷残酷

行为，撕碎敌人的心，现在愉快住在这里，

与那个阿迦卢罗关系密切，撕碎他人的心。① （131）

"侏儒啊，如同钵利骄傲地无视导师，

把王国作为祭品献给你，我的女友也

无视长辈，把心的王国献给你，所得

回报是被痴迷的绳索捆住，扔到远处。② （132）

"婆利古族主人啊，你对这个少女如此狠心，

以致她渴望跳崖，而这又有什么难以理解？

以前由于婆利古族遭难，你变得凶狠无比，

---

① 化身人狮的事迹：阿修罗希罗尼亚刹的兄弟希罗尼耶格西布决心为希罗尼亚刹复仇，与毗湿奴为敌，到处折磨毗湿奴的信徒。然而，他的儿子钵罗赫拉德虔信毗湿奴。希罗尼耶格西布不能扭转儿子的信仰，转而企图用疯象、毒蛇和烈火害死儿子。于是，毗湿奴化身人狮（狮首人身）用利爪撕破希罗尼耶格西布的胸膛，将他杀死。这首诗中的 prahrāda 既读作波罗赫拉德，也读作愉快和高兴；paramakrūracarite prasakta 既读作热衷残酷行为，也读作与阿迦卢罗关系密切；parahṛdaya 既读作敌人的心，也读作他人的心，即罗陀的心。

② 化身侏儒的事迹：阿修罗钵利夺得三界统治权，毗湿奴化身侏儒，向钵利乞求三步之地。钵利不听导师修迦罗的劝阻，答应他的请求。于是，这个侏儒的身躯顿时变得巨大无比，迈出两步就跨越天国和人间，而第三步将钵利踩入地下世界。这首诗中的 vyasana 既读作痴迷，也读作灾难。

显然忘却导师湿婆，像现在忘却养父南陀。①（133）

"罗怙族的吉祥志啊，由于你离开这里，

牛群长期遭到突舍那族的侵害而痛苦，

牛增山突然出现伽罗，牧人经常遭到

维罗陀骚扰，摩哩遮在这里附近跳舞。②（134）

"死亡即将来到，化作驴子的阿修罗部落

再次出现，尽管如此，我们尚未成为罪人，

以犁头为标志者啊，你的身体优美可爱，

明净似秋季的天空，你为何不来到这里?③（135）

---

① 化身持斧罗摩的事迹：一个刹帝利国王骚扰婆罗门仙人阇摩陀耆尼的净修林，阇摩陀耆尼之子持斧罗摩杀死这个国王。而这个国王的儿子们趁持斧罗摩不在净修林中时，杀死阇摩陀耆尼。为此，持斧罗摩怒不可遏，杀死这些王子，又周游大地，先后二十一次肃清大地上傲慢的刹帝利。这首诗中，婆利古族主人指持斧罗摩。bhṛgupatana 既读作跳崖，也读作婆利古族遭难。

② 化身罗摩的事迹：罗摩在流亡期间，妻子悉多被十首魔王罗波那劫走。他历尽艰难，最后诛灭罗波那，救回悉多。这首诗中，"罗怙族的吉祥志"指罗摩。突舍那（dūṣaṇa）、伽罗（khala）、维罗陀（virādha）和摩哩遮（mārīca）均为被罗摩杀死的罗刹。这首诗中的 virādhatvam ghoṣo vajrati 既读作牧人遭到维罗陀骚扰，也读作我们就要失去罗陀。

③ 化身黑天和大力罗摩的事迹：黑天在少年时代作为牧童，与兄长大力罗摩一起除暴安良。成年后，黑天协助以坚战为首的般度族战胜以难敌为首的俱卢族。这首诗中，"以犁头为标志者"指大力罗摩，他的身体白净。这首诗中的 anaparādhā vayam 既读作我们尚未成为罪人，也读作我们尚未失去罗陀。

"知一切者啊,她现在毫无激情,始终

怨恨爱神,也对心上人的行为强烈不满,

长期敬仰如来,潜心修禅,即使如此,

天啊,你慈悲为怀,却对她漠不关心。①(136)

"迦尔吉啊,你眼角的斜视目光充满激情,

犹如令蜂群迷醉的蔓藤,你用如同你的

目光的闪亮利剑铲除恶人,你应该回到

自己故乡,让罗陀和所有牧人高兴快乐。②"(137)

鸟禽魁首啊,你满怀爱意,说完这些

如同水波潋滟的优美话语,泪水沾湿

你的脸庞,然后你应该站在黑天身边,

双目凝视,专心聆听他甘露般的答话。(138)

雌天鹅的夫主啊,你肯定会见到黑天,

你应该帮助在世上受人尊敬的牧女们,

---

① 化身佛陀的事迹:佛陀怂恿恶魔和恶人藐视吠陀、弃绝种姓、否定天神,引导他们自取灭亡。这是婆罗门教对佛教的负面看法。这首诗中,"知一切者"和"如来"均为佛陀的称号。

② 化身迦尔吉的事迹:在迦利时代结束时,毗湿奴将化身婆罗门迦尔吉,身骑白马,手持利剑,铲除恶人,重建圆满时代。

你聪明伶俐，从这里出发到摩突罗城，

只需要三四个时辰，因此你不要迟疑。（139）

雌天鹅的心上人啊，你始终闪耀

无与伦比的光辉，你能迅速分开

交融的牛乳和水，如此机敏能干，

怎么可能到达不了那座摩突罗城？①（140）

毗耶娑之子苏迦是智者中的佼佼者，

但愿我能像他那样，不追求尘世的

享乐，而心中满怀虔诚，永远享受

《薄伽梵往世书》，热爱尊神薄伽梵。②（141）

这部描写黑天游戏的作品内容丰富充实，

但愿胸中容纳情味之海的知音不会从中

发现错误，但愿它能在整个世界的亲人

毗湿奴大神的心中激起阵阵喜悦的波浪。（142）

---

① 牧女罗丽达委托天鹅传信的话至此结束。

② "毗耶娑"（vyāsa）传说是《摩诃婆罗多》的作者。"薄伽梵"（bhagavat）是对尊者的称呼，这里指毗湿奴。《薄伽梵往世书》（*bhāgavatapurāṇa*）是一部颂扬毗湿奴的往世书。

图书在版编目(CIP)数据

妙语游戏 /(印)世主著;黄宝生译. 风使 /(印)
陀依著;黄宝生译. 天鹅使 /(印)高斯瓦明著;黄宝
生译. —上海:中西书局,2023
　(梵语文学译丛)
　ISBN 978-7-5475-2070-3

　Ⅰ.①妙… ②风… ③天… Ⅱ.①世… ②陀… ③高
… ④黄… Ⅲ.①诗集-印度-现代　Ⅳ.①I351.25

中国国家版本馆 CIP 数据核字(2023)第 031460 号

妙语游戏
[印度] 世主　著　黄宝生　译

风使
[印度] 陀依　著　黄宝生　译

天鹅使
[印度] 高斯瓦明　著　黄宝生　译

责任编辑	孙本初
装帧设计	黄　骏
责任印制	朱人杰

出版发行　上海世纪出版集团
　　　　　　中西书局(www.zxpress.com.cn)

地　**址**	上海市闵行区号景路 159 弄 B 座(邮政编码:201101)
印　**刷**	上海肖华印务有限公司
开　**本**	890 毫米×1240 毫米　1/32
印　**张**	4.625
字　**数**	71 000
版　**次**	2023 年 7 月第 1 版　2023 年 7 月第 1 次印刷
书　**号**	ISBN 978-7-5475-2070-3/I · 239
定　**价**	35.00 元

本书如有质量问题,请与承印厂联系。电话:021-66012351